戀愛寄生蟲
三秋縋
插畫／しおん

# 目錄

# 戀愛寄生蟲

三秋縋

某些鳥類擁有色彩繽紛的羽毛，部分哺乳類動物擁有過大、過剩的角、鬃毛或牙齒；在許多動物身上，可以看到複雜的求愛行為與性。這些事物的存在本身，甚至收音機播放的情歌與古今眾多描寫愛情的詩歌——這一切都是因為寄生生物的存在而生。因為無論是什麼樣的生物，若想留在同一個地方，就非得全力奔跑不可。

莫伊塞斯．維拉斯奎茲．馬諾夫（Moises Velasquez-Manoff）

《缺乏寄生蟲症》

高坂賢吾大學畢業後，在東京以外的一間小小系統開發公司任職。進了公司正好滿一年後，他以一個任誰聽了都會納悶的理由自行離職。之後，他大約每隔一年就會重複同樣的情形，不斷更換職場，換著換著，就罹患了精神疾病。然而，當事人並未察覺到自己生病，即使是嚴重時會讓他連呼吸都懶的憂鬱，或是一瞬間掠過腦海的死亡誘惑，又或是深夜莫名溢出的淚水，這些他全都當作只是冬天天氣太冷的緣故。

事情是在他二十七歲那年冬天發生的。現在回想起來，那是個奇妙的冬天，有幾次邂逅，也有離別；有幸福的巧合，也有不幸的意外；有些事物大大地改變，也有些事物完全沒變。

二十七歲那年冬天，他經歷了來得太遲的初戀，對象是年紀小他將近一輪的少女。心靈生病的失業青年，與拒絕上學的愛蟲少女——那是一段從頭到尾都不像樣，卻又真真切切的愛。

＊

「終生交配？」高坂反問。

「對，終生交配。」少女點頭。「真雙身蟲（Eudiplozoon nipponicum）找到結合的伴侶後，下半生都會和這個伴侶一起度過。」

少女拿出鑰匙圈，舉到高坂眼前。

「這就是真雙身蟲。」

高坂湊過去，仔細打量這個鑰匙圈。儘管造型經過簡化，但看得出是仿一種有著兩對翅膀的生物形狀。前後翅膀的形狀不同，前翅約有後翅的三倍大。乍看之下，倒也像是尋常的蝴蝶。

「牠們的模樣這麼美，卻是屬於扁形動物門單殖綱的寄生蟲。」

「看起來像是尋常的蝴蝶。」

「你看仔細一點，牠沒有觸角吧？」

少女說得沒錯，這種生物沒有觸角。雖然也有可能是因為設計上的考量而省略，但對她而言，這個差異似乎很重要。

「這是兩隻真雙身蟲黏合成X字形的模樣。」

少女的雙手食指交叉以表現這種模樣。

「既然說是終生交配，」高坂選擇比較委婉的方式說道。「也就是說，黏合後隨時都維持在接合的狀態？」

「從某種角度來看的確是這樣，是一種把各自的雄性生殖器官，連接在對方的雌性生殖器官上的狀態。」

「各自的？」

「嗯。真雙身蟲每個單一個體，都兼有雄性生殖器官和雌性生殖器官，也就是所謂的雌雄同體。所以，本來即使沒有交配對象，也可以進行自體受精，但牠們莫名地就是不這麼做，而是選擇辛辛苦苦地找到伴侶，交換彼此的精子。」

高坂苦笑了幾聲。「真是奢侈。」

「一個人能做的事，偏要兩個人做，的確令人覺得可惱。」少女表示同意。「可是，牠也有值得看齊的地方。例如說，真雙身蟲不會挑剔伴侶。牠們就好像被賦予了一見鍾情的宿命，會毫不懷疑地和一生中第一次遇到的對象結合。而且，真雙身蟲直到最後都不會拋棄伴侶。牠們一旦結合，再也不會分離；要是強行把牠們拆散，牠們就會死掉。」

「所以才說是『終生交配』啊。」高坂的語氣頗為佩服。「好厲害，簡直像是比翼鳥。」

「對，的確是比翼鳥、連理枝。」少女就像親友受到讚美般，自豪地說道。

「而且，這種寄生蟲是寄生於鯉魚身上。」

「鯉魚？」

「對，『寄生於戀愛』（註1）。你不覺得這個巧合太巧了嗎？再加上，真雙身蟲成功寄生到鯉魚身上後，會在二十四小時以內捨棄眼球。也就是所謂『戀愛令人盲目』的意思。」

「戀愛令人盲目。」高坂出聲複誦少女的話。「我沒想到能從妳口中聽到那麼浪漫的話。」

少女聽到這句話，忽然回過神來似地睜大眼睛，隔一會兒後低下頭。

「怎麼了？」

註1：日文中「鯉魚」與「戀愛」同音。

「……仔細想想，像生殖器官啦、交配啦這樣的話題，實在不太方便在別人面前提起呢。」她臉頰微微泛紅。「我真像個傻瓜。」

「不會，很有趣。」少女慌亂的模樣太好笑，讓高坂忍不住噗嗤一聲笑出來。

「麻煩妳說下去，多說點寄生蟲的事。」

少女沉默了好一會兒，但後來還是漸漸說了起來。高坂仔細聽著她說話。

# 第1章　蠱毒

水龍頭流出的水，冰冷得刺人。然而，他沒有心情靜靜等待水加溫。

高坂洗著手，雙手的溫度轉眼間就被流水剝奪，漸漸失去知覺。他暫時關掉水龍頭，把肥皂搓得起泡，仔細把手上每一個地方都洗得乾乾淨淨，然後再度沖水。泡沫全部沖掉之後，他仍繼續沖洗雙手良久。過了大約兩分鐘後，熱水器彷彿這才想起自己的職責，水龍頭漸漸流出熱水。由於雙手已冰冷得又麻又刺，讓他連水溫是燙是冷都分不清楚。

他關掉水龍頭，以紙巾仔細擦去雙手的水氣，接著把發麻感未消的雙手舉到面前，閉上眼睛聞了聞氣味，確定雙手完全無臭之後，再用放在流理台上的酒精消毒劑，在雙手上毫無遺漏地抹了厚厚一層。心情終於漸漸平靜下來。

高坂回到房間躺到床上。透過純白窗簾照進來的陽光很微弱，既像是早晨，也像是傍晚。但無論是早或晚，就他現在的生活而言，時刻這種事情並不怎麼重要。

窗外傳來孩子們不絕於耳的嬉鬧聲。這是因為附近有一間國小。聽著孩子們開心嬉鬧的聲音，不時會受到一種像是快要窒息的悲傷侵襲。

高坂打開枕邊的收音機，隨便對到一個頻率播放起音樂。摻雜著雜音的老歌，為他蓋過孩子們的喊聲。

辭掉最後一份工作之後，高坂不再去尋找下一份工作，而是靠著存款度日，一整天躺在床上，假裝在思考些什麼。當然，實際上他什麼也沒想，只是裝作在思考。他一直告訴自己：「我這樣是為了養精蓄銳，以便迎接該來的那一刻。」至於「該來的那一刻」是指哪一刻，連他自己也不知道。

為了採買生活用品，他每週會不情願地外出，但除此之外的時間，都把自己關在房間裡。理由很單純，因為他有著重度的潔癖。

高坂住的地方，是一棟格局一房一廳附廚房、小巧整潔的出租公寓，徒步二十分以內便能到達距離最近的車站。對他而言，房間是獨一無二的「聖域」。裡頭隨時開著兩台空氣清淨機，微微飄散著消毒水的氣味。木頭地板擦得乾乾淨淨，幾乎令人錯以為是新房子，壁架上放著拋棄式的乳膠手套、醫療用口罩、除菌用噴霧與濕紙巾等用品。衣服與傢俱大多都是白色或近似白色的顏色，衣櫃裡儲存著好幾件仍裝在袋子裡並未拆封的襯衫。

由於一天洗手一百次以上，高坂的手非常粗糙。他的指甲修剪得很整齊，但只有慣用手食指的指甲特別長。這是一種不得已的策略，為的是萬一陷入非得徒手去碰電梯或ATM按鈕的狀況時，能夠不必用皮膚碰觸。

除此之外，若說高坂身上有哪個地方算不上清潔，那就是頭髮。他的頭髮留得太長了點。他也明白要維持房間乾淨，頭髮還是短一點比較好，但他很怕去美容院或理髮店，養成了拖到不得不去才理髮的習慣。

儘管都叫做「潔癖」，但其實潔癖的症狀非常多樣化。深入探討潔癖症患者對「骯髒」的認知，可以看見許多不合理的信念。例如自稱有潔癖、房間卻很髒的人，就是典型的例子。

對高坂而言，骯髒的象徵是「別人」。最大的問題不是實際上髒不髒，而是有沒有牽扯到其他人。他覺得，與其去吃別人的手碰過的東西，還不如吃保存期限過了一週的東西。

對他而言，除了自己以外的人，都像是細菌的培養皿，只是用指尖輕輕碰到，便會有細菌開始從上頭繁殖，進而汙染到全身。高坂即使是面對親近的對象，也沒有辦法牽對方的手——也不知道是幸運還是不幸，他從未有過牽手的對象。

不用說也知道，這種潔癖對於群體生活造成重大阻礙。將別人當成穢物看待的人，不可能建立得了良好的人際關係。他不想和其他人扯上關係，這種真心話會以各種各樣的形式表露出來，惹得周遭的人們不快。不會陪笑、記不住別人的名字、不敢看著說話對象的眼睛……例子不勝枚舉。

總之，與人接觸，讓他痛苦得無以復加。當他在公司上班時，一切事物都是壓力的種子；除了睡欲以外的所有欲求，全部已消逝殆盡。

尤其是聚餐或員工旅行等公司內的活動，對他而言簡直是活地獄。參加完這些活動，有時他甚至得在回家後沖澡長達四小時，接著躺在床上聽音樂，把精神重新調律才行。若非透過這樣的方式告訴自己，這世界上還是存在值得仔細傾聽的聲音，他甚至會想扯掉自己的耳朵。在這樣的夜晚，沒有音樂他是睡不著的。

高坂對於自己的社會適應不良症狀，已經呈半放棄狀態，認為說穿了自己就是不適合當人。因此，他無論待在哪個職場，都會迅速失去自己的一席之地，逃命似地辭職。

反覆轉職的過程，就像是逐一檢視自己有多麼沒希望的工程。他覺得，只是度過短短幾年的群體生活，自己這個人便已徹頭徹尾遭到否定，就像被烙上烙印說：

「你這個人做什麼都會搞砸。」

他並不是在尋找幸福的青鳥。打從一開始，他就知道這種東西並不存在。不是每個人都有所謂的「天職」。到頭來，就像每個人多多少少都在做的那樣，只能找個妥協點，繼續活下去。

然而，即使腦子裡明白，心靈卻跟不上。高坂的精神日復一日、紮紮實實地磨損，強迫症的症狀也漸漸惡化。身邊環境的清潔與心靈的鬱悶成反比，房裡幾乎呈現一種無菌室般的樣貌。

*

高坂躺在床上，仔細聽著收音機的音樂，茫然神馳於幾小時前發生的事。

當時，他待在便利商店，雙手戴著拋棄式的乳膠手套。這是有潔癖的他出門時的必備物品，尤其來到像便利商店或超級市場這種地方，非得去摸其他人亂摸過的東西時，更是絕對不可或缺。

這天他也先確實戴了手套才出門購物，但途中發生了問題。當他為了拿寶特瓶而將手伸向貨架時，右手食指的關節忽然傳來小小的刺痛，仔細一看，皮膚已經龜裂、滲血。這是常有的事，因為他平時太頻繁地洗手，又加上正值天氣乾燥的時節，他的手就像剛開始工作的美容師一樣極為粗糙。

他受不了血在手套裡緩緩蔓延開來的感覺，於是脫下右手的手套扔掉。而且，他又不滿意只有一隻手戴手套的不平衡狀態，於是把左手手套也扔了，就這麼繼續購物。

負責收銀的是他在這間店裡經常看到的女工讀生。這個女生的頭髮染成咖啡色，待人很和善，當高坂把商品拿到收銀台，她以滿面的笑容應對。到這裡並沒有什麼問題，但高坂要去接下找回的零錢時，負責收銀的女生輕輕捧住他的手，把零錢交給他。

這個舉動非常不妙。

高坂立刻反射性地揮開她的手，零錢猛然灑落一地，店裡的人們不約而同地轉頭看過來。

他茫然看著自己的手，收銀台的女生趕緊道歉，但他根本聽不進去，也不撿零錢就飛也似地衝出店外，落荒而逃地回到公寓，花了很長的時間沖澡。即使如此，留在手上的不快仍未消失，他離開浴室後仍又重新洗手。

高坂把這一連串過程回想一遍，然後嘆了一口氣。連他自己都覺得這樣很反常。然而，他說什麼都無法忍耐被人直接碰觸皮膚。

再加上，高坂最害怕的就是如同負責收銀的那個女生般散發著女人味的女性。不限於女性，強調男人味的男人，他也一樣很不會應付。兩者給他的骯髒感差不多。雖然這種想法簡直像是剛進入青春期的少女，但事實上他就是會這麼覺得，所以也無可奈何。

小時候，他本來以為隨著年紀增長，潔癖也會自然而然地痊癒，實際上卻是往惡化的方向發展。高坂心想，照這樣下去，別說是結婚，他連交朋友也辦不到。

*

高坂直到九歲時，母親都還健在。但在他即將滿十歲時，母親過世了。說是出了車禍，但高坂至今仍懷疑她是自殺。

母親是一名美麗的女性，教養良好又聰穎，對於音樂與電影的品味也很優秀。

聽說在認識高坂的父親之前，她是電子琴講師。在自家開設的音樂教室規模雖小卻大獲好評，聽說還有不少學生是特地從遠地來上她的課。

像她這樣完美的女性，為什麼會選擇高坂父親那種平庸的人做為伴侶，一直讓他覺得不可思議。說得客氣點，高坂的父親是個不起眼的男子，臉上的各個零件拼湊得不順利，簡直像是失敗的蒙太奇，而且收入又少，雖然沒有什麼嗜好，卻也並非熱心工作，找不出什麼像樣的優點（只是看在現在的高坂眼裡，光是「正常地建立家庭並生活下去」，就已經充分值得尊敬）。

高坂的母親是個自我要求很嚴格的人，並要求兒子也和她同等努力。高坂從懂事之前，就被叫去學習各式各樣的才藝，在家時也遵照母親以分鐘為單位而排出的密集行程來做事。年幼的他，以為每個家庭的母親都是這樣，不曾對自己的生活抱持疑問，只是順從地遵從母親的吩咐。一旦違逆母親，他就會被赤腳趕出家門或是一整天不准吃飯，所以他別無選擇。

高坂的母親看到兒子連她期望的一半都達不到，反應似乎是不解而不是生氣。為什麼這孩子是母親的分身，卻不像母親一樣完美？難不成是教育方式出了什麼問題嗎？

不可思議的是，她唯一不曾懷疑的就是高坂的資質。但這與其說是母親的偏心，不如說是一種扭曲的自戀體現出來的結果。她只是選擇懷疑教育的方法，而不是懷疑自己的血統。

如同許多完美主義者，高坂的母親也是個愛乾淨的人。一旦高坂弄亂房間或是身上髒兮兮地回家，母親就會露出由衷難過的表情。對高坂而言，這遠比挨打挨罵更令他難受。相反的，如果高坂主動整理房間或是洗手、漱口，母親一定會誇獎他。對於學業與運動都非表現優異的他而言，這是少數能讓母親開心的機會。於是，他自然而然地漸漸變成一個比同年代的孩子們更愛乾淨的少年——但還保持在常識範圍內。

異狀開始出現，是在他九歲那年的夏天尾聲。從某一天起，母親突然變了個人似地對他很好，就像在懺悔自己過去的所作所為，廢除掉所有過去施加在他身上的種種規則，滿懷愛情地對待他。

高坂從枷鎖中得到解脫，這輩子第一次像個一般小孩子那樣過著自由的生活。這讓他太過陶醉，也就未深入思考母親的態度為何會有急遽的轉變。

有時，母親會把手輕輕放到高坂頭上，邊反覆對他說「對不起」邊摸摸他的頭。雖然猜不到母親是為了什麼事情道歉，但高坂覺得，問了會對母親過意不去，於是默默任由母親摸他的頭。

後來他才明白，母親不是在對過去所做的事情道歉，而是在對即將要做的事情道歉。

母親扮演了一個月溫柔的母親後，就死去了。她是開車出去買東西，在回家的路上和一輛大幅超過法定最高時速的車撞個正著。

這次車禍當然被當成意外處理，然而只有高坂知道，在特定的時段那條路會變成上好的自殺場所。告訴他這件事的不是別人，正是母親。

母親的葬禮剛結束，高坂就有了改變。那天晚上，他花費好幾個小時的時間不斷洗手，因為他覺得碰過母親遺體的右手噁心得不得了。

隔天早上，當高坂從淺淺的睡眠中醒來，世界完全變了樣。他一從床上跳起，立刻臉色大變地衝進浴室，然後花了長達好幾個小時的時間不斷沖澡。他覺得存在於世上的一切都是那麼骯髒。排水溝裡的頭髮、牆角的發黴、窗溝裡堆積的灰塵……光看到這些，他的背上便竄過一股惡寒。

於是，他有了潔癖。

然而高坂認為母親的死與自己的潔癖之間，並沒有直接的因果關係。那終究只是起因之一。即使沒有那件事，相信遲早也會有別的事情變成導火線，讓他的潔癖症狀覺醒。他本來就有這樣的特質，就這麼簡單。

# 第2章　電腦蠕蟲

對於不曾體驗過的人，很難解釋深夜響起的門鈴聲是多麼令人毛骨悚然。

你卸下心防，在鴉雀無聲的房間裡放鬆。忽然間，通知訪客上門的人工電子聲打破寂靜。思考一瞬間停止，你朝時鐘一看，這顯然不是會有人來訪的時間。整個腦子都被問號淹沒：是誰？為什麼現在來訪？為了什麼目的？門上鎖了嗎？門鍊扣上了嗎？

你屏住呼吸，窺探門外的人物要怎麼出招。不知道經過多久，也許是幾十秒，也說不定是幾分鐘，你戰戰兢兢地去到玄關，從門上的貓眼往外一看，發現神祕訪客什麼線索都不留地離開了。一切都懸在半空中，事情就這麼結束，只有不祥的電子聲殘響持續一整晚……

事情發生得毫無前兆。

門鈴響起時，高坂正在清潔電腦鍵盤。這副ＰＦＵ牌的鍵盤，按鍵上沒有字，但不是因為擦過頭而磨掉，而是從一開始就設計成這樣。他上週才把所有按鍵拆下來清洗過，但若非每次使用過後都徹底殺菌，他就不會滿意。

桌鐘的指針指著晚上十一點多，高坂還來不及想到是誰在這種時間上門來，接著放在桌上充電的智慧型手機就震動起來。高坂直覺地領悟到，門鈴響起與郵件寄來的時機湊在一起並不是巧合。

他拿起智慧型手機，查看新郵件。

**開門。我不打算傷害你。**

**關於病毒的事，我有話要跟你說。**

他抬起頭，朝玄關的方向看去。他所住的公寓並未安裝自動門鎖系統，即使不是公寓住戶，要入侵建築物也輕而易舉。寄了郵件的人物，多半已經來到房間前面——幾乎就在他察覺到這點的同時，門口傳來敲門聲。敲門的方式並不粗暴，是一種要告知門外有人的敲法。

自己應該報警嗎？高坂看著手上的手機這麼想，但顯示在螢幕上的訊息讓他遲疑了。

『關於病毒的事，我有話要跟你說。』

他對於這則訊息當中提到的事情，非常清楚。

高坂首次對惡意軟體（Malware）產生興趣，是在三個月前二〇一一年的暮夏。那天他的手機收到一封來自陌生寄件者的簡訊。

**世界末日即將來臨。**

這是一則不祥的訊息，然而，對於當時身處第四個職場也無法適應、心情十分糟糕的高坂而言，這則訊息成了小小的清涼劑。

高坂閉上眼睛，短暫地陶醉在世界末日的空想當中。天空染成紅色，整個市鎮迴盪著警鈴聲，收音機只播放不幸的新聞——他暢快地想像出這樣的情景。

聽來也許顯得可笑，但是這封不莊重的訊息拯救了高坂。當時的他就是需要這種無異於謊言、毫無根據的安慰。

後來仔細一查，他得知這封簡訊似乎是從感染了一種叫做「Smspacem」的惡意軟體亞種的手機強制發出。所謂的「惡意軟體」，是會讓電腦執行非法動作的軟體與程式之總稱。一般人幾乎都一律將這些統稱為「電腦病毒」，但病毒只是惡意軟體中更狹義的概念之一。

用一句話來形容「Smspacem」，就是「告知世界末日的惡意軟體」。中了這種惡意軟體的裝置，時間一到二〇一一年五月二十一日，就會對聯絡人清單上的所有人寄出「世界末日即將來臨」的簡訊。

根據網路安全報告，「Smspacem」是一項鎖定北美使用者的惡意軟體。但在九月上旬，住在日本的高坂卻收到了日文版的同樣訊息，多半表示有好事之徒特地將「Smspacem」改成針對日本人的版本。

高坂辭掉工作、躺在床上發呆時，忽然想起「Smspaced」這種惡意軟體。然後，他腦中冒出一個念頭：自己是不是也做得出差不多的東西呢？是不是也能用不同的形式，重現當時自己所經歷的、日常生活中出現小小缺口的感覺？

所幸高坂多的是時間，他把製作惡意軟體所需的知識逐一學會。加上他過去曾是程式設計師，以當時獲得的知識與經驗為基礎，他僅僅學習一個月，便不靠開發工具組完成了一種獨創的惡意軟體。

高坂心想，自己適合這個領域。他擁有不用任何人教導，也能根據狀況需要得出最佳運算方式的才能。這是少數能讓他天生一板一眼的個性與完美主義朝正向發揮的案例。

過不了多久，他創造出來的惡意軟體就被刊登在軟體大廠的網路安全報告之中。高坂有了把握，立刻開始製作新的惡意軟體。不知不覺間，製作惡意軟體成為他活下去的唯一意義。

這樣的緣分實在諷刺。一個在現實世界中，因為太過害怕病毒與蟲子而覺得難以生存的人，到了電子世界中，卻從創造病毒與蟲（Worm）並散播出去的過程中，找到活下去的意義。

高坂面向電腦敲著鍵盤時，不時會想到這件事。說不定，他是確信自己無法將基因留在這個世界上，做為一種補償行為，才會在網路上散播具有自我複製功能的惡意軟體。

雖然都叫做惡意軟體，種類卻極為多樣。惡意軟體原本區分為「病毒（Virus）」、「蠕蟲（Worm）」、「特洛伊木馬（Trojan Horse）」三類，但惡意軟體的性質年年愈趨複雜，隨著多種無法納入既有分類的惡意軟體相繼出現，也就有「軟體後門（Backdoor）」、「惡意工具組（Rootkit）」、「惡意軟體釋放器（Dropper）」、「間諜軟體（Spyware）」、「廣告軟體（Adware）」、「勒索軟體（Ransomware）」等多種全新的定義陸續登場。

最單純的惡意軟體三大分類：「病毒」、「蠕蟲」、「特洛伊木馬」，三者的差異相對淺顯易懂。首先，病毒與蠕蟲有著兼具自動傳染功能與自我繁殖功能這兩項功能的共通點，但相較於病毒必須寄生在其他程式中才能存在，蠕蟲則不需要宿主，能夠單獨存在。特洛伊木馬則和病毒與蠕蟲不同，沒有自動傳染功能與自我繁殖功能，由此可做出區別。

讓高坂開始對惡意軟體產生興趣的「Smspacem」屬於廣義的「蠕蟲」。這種蠕蟲會在受感染的電腦內收集郵件位址，大量發出附加惡意程式的郵件，而且還會在新感染的電腦上重複同樣的行為，不斷擴大感染的範圍，是所謂的「大量郵件蠕蟲（Mass Mailing Worms）」。

高坂開發的惡意軟體也屬於這種蠕蟲。他已經為這個開發中的大量郵件蠕蟲，取了個代號叫做「SilentNight」。

「SilentNight」是在特定日期發作的蠕蟲，會在十二月二十四日的晚上五點啟動，將感染裝置所具備的通訊功能關閉兩天。說得更正確一點，是會在所有通訊一開啟時就關閉功能。如此一來，感染「SilentNight」裝置的持有者，不僅不能打電話，包括電子郵件、簡訊以及網際網路電話等在內的所有通訊手段，都將暫時遭到剝奪。

「SilentNight」這個代號的由來，既意味著這是一種會在聖誕夜發作的病毒，同時也意味著手機的通訊功能遭到剝奪後，人們將無法和朋友或情人聯絡，只能獨自度過聖誕夜。算是一種雙關語。

十一月底，「SilentNight」終於完成。高坂將這個手機蠕蟲散播到網路上。從某種角度來看，這就是一切的開端。而在短短幾天之後，他得知自己一腳踏入了浩大的命運洪流之中。

門鈴再度響起，高坂從工作椅上站起來。他覺得要是假裝不在，日後一定會後悔。若不在此時此地揭曉訪客的真面目與目的，接下來的幾週，他肯定會一直為這種無以言喻的不安所苦。而且，反正自己的住址與郵件位址都已經被對方得知，所以想躲也是白費工夫。

門上的攝影機已經壞了，所以要查看訪客的長相，就必須從貓眼看出去。高坂戰戰兢兢地走出起居室，站到玄關門前。眼睛湊上貓眼一看，可見門外站著一名中年男子，身穿一襲深色西裝，外頭披著一件大衣。看到這人的服裝，高坂微微放下警戒心。西裝與制服這類服裝，就是有著無條件令人放心的力量。

他先確定門鍊確實掛著才打開門，男子似乎早就猜到他會掛著門鍊，事先移動到正對著門縫的位置。

這人的身高比高坂高了十公分以上。高坂是一百七十三公分，所以表示對方有一百八十三公分以上，而且體格很壯碩。披在西裝外頭的柴斯特大衣本來大概是黑色的，但由於有點髒汙，看起來像是灰色。男子的眼角深深凹陷，下巴長滿落腮鬍，油膩的頭髮中摻雜白髮。儘管嘴角露出友善的笑容，眼神卻有些空洞。

「嗨。」男子開口。他的聲音低沉而沙啞，卻很宏亮。「你醒著嗎？」

「請問是哪位？」高坂隔著門鍊問。「這種時間來找我，有什麼事？」

「就跟郵件裡寫的一樣。關於病毒的事，我有話要跟你說。」

高坂倒抽一口氣。「那封郵件是你寄來的？」

「沒錯。」男子承認。「我可以進去嗎？我想你應該也一樣，不想被人聽見我們的談話內容吧？」

高坂手伸向門鍊，卻又遲疑了。男子說得沒錯，他不想被人聽見談話內容，這的確是事實。但也沒有人可以保證，放男子進屋內是安全的。高坂早已從男子的舉止與氣質，本能地察覺到一件事——眼前這名男子，只要有那個意思，輕而易舉就能制服他。這人對這種行為很熟練，而且偏好簡單易懂的身體語言甚於繁瑣的言語交涉。只要一個對應不好，對方隨時有訴諸暴力的準備。

「你似乎防著我啊。」男子看穿高坂的擔心。「也是啦，比起莫名地放鬆警戒，我們這樣還比較好談。我不打算動粗，但這句話由我說出口，大概也沒辦法讓你相信吧。」

高坂一瞬間將注意力轉向房內。男子見狀，又從高坂的小動作看穿他的心。

「放心吧，我早已明白你有潔癖，不打算進到比玄關更裡面的屋內。」

高坂啞口無言，嘴唇發顫。

「……原來你知道得這麼清楚？」

「對。所以，可不可以趕快讓我進去？我冷得快要凍僵了。」

高坂遲疑了一會兒，還是死了心，小心翼翼地解開門鍊。男子遵守自己的諾言，並未踏入比玄關更裡面的地方。他關上身後的門，靠上門板嘆了一口氣，伸手要從口袋裡拿出香菸，但注意到高坂的視線又收了回去。

「不是只有你……最近的年輕人啊，一個個都很愛乾淨。」男子自言自語似地說。「想來也是為了賣產品，只好這麼宣傳，但最近的廣告裡，就是會把什麼東西都說得髒兮兮的，例如沙發和床墊滿是跳蚤、砧板和海綿滿是細菌，智慧型手機和鍵盤比馬桶還髒、早上剛醒來時的口腔比糞便還髒……」他邊說邊從口袋裡拿出打火機，打響了幾聲。「可是，反過來說，這不就表示我們雖然被這麼多髒東西圍繞著，卻還是活得好好的嗎？那不就沒有必要放在心上？正和所謂的自卑產業（註2）一樣，是有人擅自編造出莫須有的問題。」

「……你要跟我談的是什麼？」高坂單刀直入地問。

「我是來威脅你的。」男子也回答得很明白。「高坂賢吾，你的所作所為，是明確的犯罪行為。要是不想被舉報，你就得聽我的。」

註2：指收費為顧客打理外表或內心的問題，解決顧客自卑感的行業，例如醫療美容業等等。

高坂不說話。一切都發生得太突然，他的腦袋跟不上狀況，但看來眼前這名男子似乎是透過某種手段，查出他就是那種惡意軟體的製作者，並以此要脅他。

如果男子掌握了所有情形，高坂只能束手就擒。但高坂心想，這還很難說。在確定對方知道什麼、不知道什麼之前，自己不能貿然答話。這名男子有可能對那種惡意軟體幾乎一無所知，只是想用虛張聲勢的方法套出情報，這樣的可能性並非是零。而且，也許還有周旋的餘地。

「看你的表情，是在懷疑眼前這傢伙知道多少。」男子說。

高坂保持沉默。

「原來如此。」男子的表情微微一變，也許是笑了，也許是在表達不悅。「坦白說，很遺憾的是我也並非對一切都瞭若指掌。例如，為什麼病毒的發作日非得設在聖誕夜不可？為什麼你寫出了擴散力那麼強的病毒，卻只鎖定日本的使用者？為什麼這麼精通程式的人，卻沒有固定工作，而是汲汲於製作病毒？如果要我列出疑點，可就沒完沒了。」

說穿了，他是在說他什麼都知道。

「……我一直認為自己很小心，以免留下證據。」高坂認命地說。「我這麼問純粹只是好奇——請問你到底是用什麼方法，查出根本還沒有人受害的惡意軟體是誰製作的？」

「我沒有義務告訴你吧？」

高坂心想，他說得沒錯。沒有人會在這種時候特地掀出自己的底牌。

「不過，」男子說下去。「為了你渺小的自尊心，我就破例告訴你吧。的確，我承認你在電子世界裡的應對十分周全，但相對的，現實世界的你卻是徹頭徹尾不設防，全身都是破綻……我這麼說，你應該大致聽得懂我想說什麼吧？」

高坂的背脊竄過一陣惡寒。仔細想想，這幾個月裡，他每週都在固定的日子、固定的時間出門買東西，這段期間家裡便空著。另外，在天氣好的日子，他還會一整天都把房間的窗簾全部拉開（他對陽光的殺菌效果抱持莫大的信賴）。的確，只要有人有意要窺看他的私生活，並不是不可能辦到——具體來說，就是溜進他的房間，或是從遠處用望遠鏡監視等等。

「然後，關於你剛才那個問題的答案。」男子繼續補充。「我一開始調查你並不是因為看出你是電腦罪犯，只是為了弄清楚高坂賢吾這個人有沒有資質，才會收集情報。也是因為找到了可以威脅你的材料，才轉而採取這種方式。原本我是打算花錢僱用你。」

「資質？」

「這你不用管。」

之後，沉默籠罩兩人，男子似乎在等高坂答話。

「……那麼，請問你威脅我，是打算叫我做什麼事？」

高坂半是出於自暴自棄地問。

「我不覺得我能做什麼了不起的事。」

「你這麼明白事理，可幫了我大忙。只要你乖乖聽話，我也就不必對你做出多餘的逼迫。」

男子隔了一次呼吸的停頓後，切入正題。

「高坂賢吾，我要你幫我照顧一個小孩。」

「小孩？」

「對，就是小孩。」

男子點了點頭。

＊

男子最後丟下一句「我對你沒指望太多」就離開了。高坂心想，也難怪男子這麼說，事實上，這份工作對高坂而言負擔的確太大。他本來就厭惡和人交流，尤其不會應付小孩與老人，理由當然是「他們好像很髒」。

然而，他不能為了這樣的理由，從一開始就放棄。要是不達成委託，高坂將不再單純只是失業人口，而是會變成有前科的失業人口。

佐薙聖，似乎是這個小孩的名字。除此之外的情報，男子都未告訴高坂。脅迫者說自己姓和泉。和泉對高坂下達的指示非常單純。

「你明天晚上七點去水科公園，池邊會有個小孩在餵天鵝，那就是佐薙聖。」

雖然不清楚事情原委，但高坂還是先答應再說。

「你的第一個任務，就是和佐薙聖當朋友。」

然後，和泉針對任務成功的酬勞做了簡單的說明。和泉所提的金額，對現在的高坂而言，是一筆不小的金額。

和泉離開後，高坂發瘋似地打掃整個房間。光是想到也許有人趁他不在時入侵過房間，他就覺得快要發瘋。但無論怎麼大灑消毒水，「他人」存在過的濃厚氣息，始終沒有要消散的跡象。

隔天晚上，高坂披上大衣，雙手戴上乳膠手套，掛上拋棄式口罩，在包包裡塞了殺菌紙巾與殺菌噴霧，先仔細檢查過門窗都鎖好後，才以絕望的心情打開門。

他已經很久沒有在太陽下山後來到聖域之外。夜晚的室外空氣冰冷得刺人，臉孔與耳朵都熱辣辣地作痛。

他選擇西裝做為見面的服裝，是為了不讓佐薙聖起戒心。正常人要是突然遭人攀談都會起戒心，在晚上被攀談更是不用說。在這種時候，西裝就能給人一種安心感。高坂比對昨晚的親身體驗後，做出這樣的選擇。

他在站前開闊的步道上停下腳步。路邊圍起了小小的人牆。

隔著人們的肩膀看過去，圍觀群眾圍住的是一名街頭藝人。這個街頭藝人是一名三十幾歲的男子，身前放著用來當台座的行李箱，有傀儡在箱子上跳舞。他舞動著雙手手指，一次操縱兩具傀儡。高坂佩服地心想，這個街頭藝人的手真巧。一旁卡式手提音響播放的歌曲是《孤獨的牧羊人》。

高坂出神地看著他的表演好一會兒。傀儡的造型過度簡化，臉上的每一個部分都大得異常，已經超出滑稽的範圍，反而讓人覺得噁心。男傀儡剛追向女傀儡不久，又換成女傀儡去追男傀儡，最後，音樂在兩具傀儡僵硬的一吻中結束，周遭湧起掌聲。

傀儡師趁觀眾看得開懷之際，開始以花言巧語索討觀賞費。高坂等其他觀眾離開後，將千圓鈔放進行李箱，街頭藝人笑咪咪地輕聲對他說了一句：

「願傀儡的加持與你同在。」

高坂又往前走。所幸和泉指定的公園，從他住的公寓徒步三十分鐘就能抵達，不必搭乘大眾交通工具。

雖然只是模糊的想像，但高坂原本以為佐薙聖是個十歲左右的男生。「佐薙聖」這三個字——雖然「聖」這個漢字只是高坂的推測——嚴格說來比較男性化，而「佐薙」的讀音，則令人聯想到昆蟲的蛹（註3），高坂便由此聯想到對方是個小

註3：「佐薙」與「蛹」在日文中都唸作「sanagi」。

男生。

所以，當高坂抵達水科公園發現疑似的目標人物時，會覺得一頭霧水也是無可厚非的事。

首先映入眼簾的是一頭染成白金色的頭髮。這人留著一頭在某些角度的光線照耀下還會像是淺灰色的淺金色短髮，眉毛也有少許脫色，皮膚又白得不健康，只有眼睛黑得像是會把人吸進去。

接著視線掃到的，是從裙子裡伸出的細長雙腳。儘管氣溫冷得會讓呼出來的氣息變白，她卻仍穿著短得會露出大腿的裙子，而且沒穿褲襪或絲襪。如果高坂的記憶正確，那麼她穿的是附近一間女校的制服。儘管圍著蘇格蘭格紋的圍巾、穿著米白色的開襟毛衣，但怎麼看都不覺得只穿這些就能彌補雙腳的冰冷。

她頭上戴著像是錄音室專用的牢固全罩式耳機。這副耳機的設計毫無特色，沒有絲毫融入打扮之中的感覺。從微微洩出的聲音聽來，她似乎在聽搖滾老歌。

高坂的視線最後來到的地方，是夾在薄薄雙唇間的香菸。起初由於寒冷讓呼出來的氣息變白而分不出來，但仔細一看，從她嘴裡呼出的毫無疑問是煙。

佐薙聖是一名十七歲左右的少女，而且不是尋常少女，是高坂最不會應付的那一種少女。

高坂歪頭納悶，心想真受不了，那個叫和泉的人到底想要他怎麼做？到底是憑什麼根據覺得他有資質？完全猜不出來。

儘管高坂滿心只想拔腿就跑，但不能這麼做。要是現在丟下任務不管，和泉多半會立刻報警吧。雖然高坂覺得那也無可奈何，但若要放棄，等孤注一擲之後再來放棄也還不遲。

沒什麼好裝模作樣的，和泉指派的任務並不是要勾引她、當她的男朋友，只要當朋友就行。

高坂脫下口罩塞進口袋，下定決心後走向佐薙聖。

佐薙就如和泉所說，站在池邊餵天鵝。她從紙袋裡拿出吐司邊朝空中扔去，天鵝就不約而同地一起飛過去。她心滿意足地看著這幅景象，似乎未留意到高坂就站在她身邊。

高坂小心避免驚嚇到她，輕輕走進她的視野裡喚了一聲。

「請問。」

幾秒鐘後，佐薙看向他。

實際面對面一看，高坂不得不佩服佐薙的容貌之清秀。她的模樣令人覺得是在一種明確的概念下創造出來的精巧女性人造人。但這種概念並不是要給予人們安心感或讓人抒壓，而是要讓待在她身旁的人繃緊神經。

「……什麼事？」

佐薙拉開耳機，用狐疑的眼神問。

高坂忍不住從她身上撇開目光。看樣子，西裝似乎未能發揮解除警戒心的作用。這也難怪。穿西裝的青年，在夜晚的公園裡向身穿制服的高中女生攀談，這實在太不自然。說得委婉一點，是有危險的感覺。照這情形看來，高坂不如穿運動服可能還比較自然。

「可以打擾妳一下嗎？」高坂動用所有力氣，擠出和善的笑容提出問題。「妳現在有時間嗎？」

「不行。」佐薙叼著香菸，慵懶地回答。「我很忙。」

她有這種反應也是當然。佐薙再度戴上耳機，回到她自己的世界之中。

這樣一來，高坂已經無計可施，這遠非年齡或性別差異的問題。試著努力和人親近的經驗，他連一次都不曾有過。

高坂已經束手無策，想不出下一步該怎麼走，只好退到稍遠處，和佐薙一樣看向追著食物跑的天鵝。

對於害怕多數野生動物的他而言，天鵝是少數的例外之一。天鵝的身體純白固然是原因之一，但最棒的是牠們只有冬天才出現。天鵝一直泡在冰冷刺骨的水裡，給他一種清潔的感覺——雖然也只是有這種感覺罷了，實際上天鵝多半還是全身都有病原體潛伏吧。

然後，他重新看了看公園裡的情景。鋪著一層雪的公園，被成排的路燈一照，彷彿整個公園都散發淡淡的青光。側耳傾聽，發現不只有天鵝的叫聲，還聽得見積在樹枝上的雪掉到地上的聲響。他閉上眼睛，仔細傾聽這樣的聲音。

他聽見了嘆氣聲，睜眼一看，佐薙再度拉開耳機注視著他。這彷彿要射穿人的銳利視線，讓高坂忍不住撇開目光。就在這時，他一瞬間看見佐薙耳朵上藍色的耳環發了光。

「喂，你找我有什麼事？」

高坂心想，現在不是斟酌遣詞用字的時候，總之得說點什麼話來解除她的戒心，於是開了口。

「我想跟妳交朋友。」

他話先說出口，才覺得自己十分可疑。這怎麼聽都像是出於不單純的動機而來搭訕的人會說的台詞。難道沒有別種說法嗎？說成這樣，即使她跑去派出所對警察說「有奇怪的男人找上我」，他也無從抱怨。

佐薙用不帶情緒的眼神正視高坂，他們之間出現一陣漫長的沉默。她抽了一口香菸，以熟練的動作拍掉菸灰，然後又以打量的目光一直看著高坂。

高坂內心懇求她趕快開口，不管說什麼都好。腋下流出的冷汗讓他很不舒服，他滿心只想拋開這種離譜的事，立刻回去公寓裡沖澡。他好想念由空氣清淨機與消毒水交織而成的聖域。

過一會兒，佐薙把變短的香菸扔到腳下。香菸的火碰到被雪沾濕的地面，一瞬間就熄滅了。

「反正一定是和泉先生請你來的吧？」

佐薙呼出最後一口煙，慵懶地說道。

「我跟你說清楚，你已經是第七個了。」

佐薙呼出的煙乘著風飄來，讓高坂急忙摀住嘴。

接著，他慢了半拍地猜出「第七個」的意思。

「……妳的意思是說，在我之前，他也安排了幾個人，要這些人跟妳交朋友？」高坂問。

「哎呀，和泉先生什麼都沒跟你說嗎？」

高坂認命地一五一十招出來：「他只說要我幫忙照顧一個小孩。我本來想像的是個十歲上下的男生，所以看到妳本人，還覺得一頭霧水。」

「彼此彼此。我也是作夢都沒想到，他竟然會叫一個年紀比我大這麼多的男性過來。真不知道他在想什麼。」佐薙嫌麻煩似地搔了搔頭。「你叫什麼名字？」

「高坂賢吾。」

「你也是被和泉先生威脅，不得已才聽他的話吧？我問你，你有什麼把柄握在他手上？」

高坂猶豫了一會兒後，還是決定老實回答。即使現在保持沉默，佐薙也會去找和泉問出來吧。

「他放過我一件小家子氣的犯罪行為。」

佐薙對這四個字起了興趣。「犯罪行為？」

「就是網路犯罪。我寫了電腦病毒散播出去。」
「你為什麼做這種事？」
「因為喜歡啊。是興趣。」
「嗯？興趣啊？」
佐薙一副覺得難以理解的模樣聳了聳肩。
「倒是妳，妳跟他是什麼關係？」
「誰知道呢？例如父女？」
「父女。」高坂複誦她的話。「我是不打算太深入過問別人的家庭情況，不過在妳家裡會教育小孩說，稱呼爸爸時要加上『先生』這樣的敬稱嗎？」
「你怎麼知道我們不是養父女？」
「……算了，妳不想回答也沒關係。」
高坂轉身靠到鐵欄杆上，仰望夜空。這時，他發現頭上的樹枝縫隙間，有著像是鳥巢的物體，但以鳥巢來說，形狀未免太工整，而且也太大了點。他做出結論，心想多半是槲寄生吧。他聽說有一種寄生植物，會寄生在櫻花樹等其他樹木上吸取營養。

這時，佐薙忽然想起什麼似地說：

「對了，和泉先生有沒有提到要給你酬勞？」

高坂點了點頭。「雖然也要這件工作順利完成才有。」

「多少？」

高坂小聲說出金額。

「原來你可以拿到不少錢嘛。」

「是啊。對現在的我來說，還真是一筆有點大的數目。」

結果佐薙對高坂伸出一隻手。

高坂腦海中閃過她剛才直接用手抓麵包屑的光景，忍不住後退。

但她的要求並不是握手。

「一半給我。」佐薙要求得若無其事。「你答應，我就好心當你朋友。」

「……這樣算是朋友嗎？」

「像你這樣的男性，要跟像我這樣的女生當朋友，就是需要這樣的代價。這可是常識喔！」

「是這樣嗎？」

「就是這樣。」佐薙自信滿滿地斷定。「你不喜歡的話，我也無所謂。不管你有什麼下場都不關我的事。」

「好，我付。」高坂唯唯諾諾地答應這個年紀差不多小他整整一輪的少女所提出的要求。然後他一邊四處張望，一邊問：「……順便問一下，我們的談話沒被和泉先生聽見吧？」

「嗯，不用擔心。」

「妳為什麼這麼肯定？」

「是憑長年經驗培養出來的直覺。」她回答。「好，趕快給我錢。」

「……不能等我收到酬勞以後再給妳嗎？」

「不行。不先付款，我沒辦法信任你。」

「我現在身上沒什麼錢，可以等到下次見面時再付錢嗎？」

「是可以，但你別想蒙混過去。要是惹我不高興，我可是會跑去派出所，亂講些有的沒的。」

「我沒騙妳。我會在下次見面前準備好。」

「那麼，我明天去找你。把你家住址告訴我。」

高坂大感吃不消，心想這女生怎麼如此蠻橫。他心不甘情不願地告知公寓住址後，佐薙就輸入到智慧型手機中，似乎是在用地圖APP查看位置。

「從這裡就走得到呢。」佐薙自言自語。「你大概都幾點回家？」

「妳隨時都可以來。」

「隨時都可以……你不用工作嗎？」

「我沒工作。」

「那麼，你為什麼穿西裝？」

高坂懶得說明，於是回答：「我是打腫臉充胖子。」

佐薙露出真心感到傻眼的表情，緊接著又說：「算了，我也沒資格說別人吧。」說著，她看了看自己的服裝。高坂等她說下去，但她只是點點頭，似乎自顧自地明白了什麼。

「我正想找個地方消磨白天的時間，因為平日白天在外頭閒晃會被警察抓去輔導。」

「妳沒上學嗎？」

佐薙無視這個問題，高坂也覺得這個問題問得很沒有意義。過著正常校園生活的高中生，不會把頭髮染成那種顏色，也不會穿耳洞。

「明天我會隨便找個時間去你家玩，拜拜。」

說著，佐薙戴上耳機，背對高坂跨出腳步。高坂趕緊喊聲「等一下」想叫住她，但這句話被音樂遮住，她並未聽見。

高坂心想，這下可麻煩了。

他的聖域正面臨危機。

# 第3章　愛蟲公主

他第一次交到女朋友，是在十九歲的秋天。一個從高中時代就認識、並不特別親近的朋友，幫他介紹了一位大他兩歲的女生，然後就隨波逐流地開始交往。她是個無論容貌、個性、興趣還是才藝，一切都和平均值差不多的女生。到了現在，高坂已經連她的長相都想不太起來。留在記憶中的，只有她是個短頭髮、笑起來有酒窩的女生這件事。

開始交往前，高坂豁出去告知自己有潔癖一事。他還說明這種潔癖嚴重得會影響到日常生活，但她笑著接受了。

「不要緊，我也相當愛乾淨，我想我們一定會很合得來。」

的確，她這句話不是謊言。她相當愛乾淨，隨時都帶著各式各樣的殺菌用品，會頻繁洗手，平日一天沖澡兩次，假日一天沖澡三次。

但就高坂看來，這終究只是「愛乾淨」，不過是衛生觀念強了些，和他的強迫症有著決定性的差異。

她的主張是，無論潔癖多嚴重，只要有信任，十之八九的障礙都能克服。當高坂主張說無論多麼信任，沒辦法的事情就是沒辦法，她便反駁那只是信任不足。無論交往了多久，高坂別說接吻，甚至連手都不想牽，而她將此視為愛不夠的證據。雖然實際上愛的確不夠，但即使高坂想讓她理解問題發生在更根本的層面上，她也聽不進去。

兩人的個性有些相近，卻適得其反。她以為自己能理解潔癖，而且對於自己愛乾淨一事感到自豪。高坂一做出超出她理解範疇的行動——例如回家後清洗找回的零錢，把借給朋友的筆丟掉，只是下點小雨就不去上課——她就單方面認定這不是恐懼骯髒，而是出於別種心理因素導致的。

這個女生不是壞人，但缺乏想像力到致命的程度，他們的關係維持了三個月簡直是奇蹟。高坂和她分手後，並未交到新的女朋友。這個女生是他第一個也是最後一個女朋友。不，或許那根本不是一場戀愛。

佐薙聖來到高坂住處，是在過了下午兩點以後。門鈴響起，接著就聽見用力踹門的聲響。高坂轉開門鎖、開門一看，佐薙聖雙手插在開襟毛衣的口袋裡，不高興地緊抿著嘴站在門外。

「至少別上鎖好不好？你想被左右鄰居看見我進出你家嗎？」

「是我不好。」高坂道歉。

「錢，你應該準備好了吧？」

高坂把準備好的信封交出去，佐薙當場就打開點清。確認信封裡的金額符合她指定的數目後，她就照原樣封好，收進包包裡。

「我就遵守約定，當你的朋友。」佐薙露出滿面微笑。「請多指教囉。」

「請多指教。」高坂也儀式性地回禮。「話說回來，在妳進房間之前，我有個請求……」

高坂原本想請求說：「我會拿殺菌用的濕紙巾來，只要擦一擦皮膚外露的部分就好，可以請妳消毒一下嗎？」但已經太遲。佐薙脫下帆船鞋後，也不理會高坂準備了拖鞋就走進臥室，當自己家似地坐到床上。高坂見狀，差點發出哀號。

「等一下，算我求妳，可以不要坐在床上嗎？」高坂指著工作椅說道。「要坐麻煩去那邊。」

「不要。」

高坂的呼籲也無濟於事，佐薙在床上趴下，把枕頭墊在下巴底下，然後看起從包包裡拿出來的書。高坂大感頭痛，心想真是糟透了，等她回去之後，床單和枕頭套都非洗不可。

「對了，妳打算在這裡待到什麼時候？」

「兩小時左右。」佐薙目光未離開書本地回答。

「呃……這段時間裡，我該做什麼才好？」

「我哪知道？乾脆去寫你的電腦病毒？」

佐薙說完戴上耳機，開始聽音樂。她似乎絲毫不打算和高坂交談。

高坂在工作椅坐下，背對床鋪翻開看到一半的書。他沒有心情看書，但又不知道除此之外該做什麼才好。看了幾頁之後，他聽見背後傳來打火機的聲音，回頭一看，佐薙正要點菸。

「不可以抽菸。」高坂趕緊站起來，在佐薙耳邊叮嚀。「待在這房裡的時候，還請妳忍耐。」

「……你很囉唆耶。」

佐薙心不甘情不願地關上打火機，把叼在嘴上的香菸塞回香菸軟盒裡。高坂放心地嘆一口氣。只是話說回來，真虧她能把曾經叼起的香菸塞回紙盒中，都不會覺得髒嗎？不，如果有這樣的衛生觀念，應該根本就不會抽菸了吧？

被高坂要求不准抽菸後，佐薙乖乖在床上看書看得入神。高坂若無其事地窺看，想知道她看的是什麼書，但書上的文字很小，看不出內容，又因為套著皮書套，也看不見封面。

高坂再度翻開書本，但無法專心看書。他看著書頁的空白處，想著和書本內容無關的事。

那個叫和泉的人，是為了什麼僱用他？和泉指望他面對佐薙時，扮演什麼樣的角色？和泉說：「我要你幫我照顧小孩。」還說：「你要跟佐薙聖當朋友。」然後看這樣子，佐薙似乎不太會認真去上學。從以上跡象推測，他比較有可能指望高坂扮演的角色，大概是「站在朋友立場，幫助拒絕上學的少女佐薙聖回歸學校的角色」吧？

若是如此，和泉說過的「資質」這個字眼就讓人想不通。如果和泉要他扮演對拒絕上學的少女諄諄善誘的角色，高坂怎麼想都不覺得自己有這種資質，雖然他身為反面教材倒是很優秀。

又或者，也許應該想得更單純一點。佐薙聖的爸媽很寵女兒，不但默許她不去上學，甚至為了不讓她無聊，還僱用人來當她的朋友。若以這個情形而言，所謂的「資質」，多半是指同樣身為社會適應不良者的意思。這樣想便覺得這個猜測更接近真相。

但無論是哪一種，將未成年的女兒交付給二十七歲的男子，肯定不是正常人會做的事。高坂心想，和泉與佐薙的爸媽知道佐薙待在他的房間裡嗎？說不定那個叫和泉的人，是知道高坂有潔癖無法對女性下手，才選擇他來當少女的朋友？如果是這樣，和泉的判斷就非常適切。即使他要求，高坂也連佐薙聖的一根手指頭都無法碰觸。要說這是「資質」，相信這的確說得過去。

大約過了一小時後，高坂看準佐薙拉開耳機的時機問：

「小聖，你覺得和泉先生指望我扮演什麼樣的角色？」

「誰知道呢？可能是指望你能幫助我回歸正途吧？」佐薙邊翻身邊回答。「還有別叫我『小聖』，總覺得很噁心。」

「他要我照顧妳，可是具體來說，我該做什麼才好？」

「你什麼事都不用做。」佐薙冰冷地撂下這句話。「我們就這樣糊弄和泉先生的耳目等他死心，這就是最好的方法。你可別真的想和我當朋友，反正這是辦不到的事情。」

「……知道了。」

高坂點頭答應。她說得沒錯，這種方法聽起來最保險。

「啊啊，可是。」她又補充說明。「還是先交換一下聯絡方式吧，不然和泉先生多半會覺得不自然。」

佐薙遞出智慧型手機。高坂表情痙攣，但還是接了過來。

「登錄進去。」

高坂聽她的話，把自己的聯絡方式登錄到她智慧型手機的聯絡人當中。儘管早已隱約料到，但她的電話簿裡只有三個聯絡人，而且三個聯絡人都未輸入名字。看來她不是那種熱心和別人往來的類型。

登錄完後，高坂悄悄用消毒水洗了手。誰也不知道別人的東西上沾了什麼，日常使用的物品更是如此。

兩小時後，佐薙闔上書本收進包包，走出房間。高坂把床單丟進洗衣機，並把整個房間上上下下打掃過，然後沖了將近一小時的澡。

「明天我大概下午六點左右會過來。」佐薙是這麼說的。高坂嘆一口氣，心想別開玩笑了，再這樣下去，他的聖域會完全被玷汙。難道沒有什麼方法可以防止汙染嗎？最理想的方式是請佐薙在進入臥室之前先簡單沖個澡，並換上乾淨的衣服，但要是叫她做這種事，她肯定會生氣。不但如此，也許還會引發莫須有的誤會。

到頭來，高坂還是想不出好點子，隔天以及再隔天，佐薙都在整個房間裡散播髒汙。她本人可能沒有惡意，但拜她所賜，高坂已精神耗弱、連日失眠。他的房間徹底失去了做為聖域的功能。佐薙每次都趴在床的正中央，高坂晚上只好睡在床的角落。還不習慣時，他好幾次差點摔到地上，但過了一陣子，他便學會巧妙擺放身體的方法。

只要講一句「我有潔癖」，佐薙說不定多少會顧慮到他。然而自從和女朋友分手後，高坂再也不曾對任何人說出自己有潔癖。不僅如此，在有外人的地方，他還拚命努力，極力不做出強迫症的行為。高坂待過的幾個職場中，也確實有些人未發現高坂有潔癖，他們只把高坂當成一個工作效率差、不合群的人。

只要老實讓周遭的人們知道自己有潔癖，這種活得艱辛的情形可能多少有些改善——這樣的念頭他從未有過。然而，這不是因為他特別頑固。強迫症的病患，就是會想隱瞞自己的強迫觀念與強迫行為，不讓別人知道。

當事人也對自己的異常有自覺就是這種疾病的特徵。他們不會試圖讓健全者來「了解」他們，因為他們知道，自己多半得不到理解。儘管能夠如此客觀地看待自己，卻無法停止強迫行為，訴諸合理性的說服幾乎毫無意義。據說使用ＳＳＲＩ（註4）之類的藥物，或採用暴露及不反應法之類的行為治療有一定療效，但高坂在大學時代接受這些治療後，反而讓強迫症的症狀惡化。

要說佐薙是否察覺到高坂的潔癖，實在很難判斷。她每次聞到房內的消毒水味，都會發牢騷說「像保健室一樣」，但也只是如此。

佐薙聖雖然染金髮又戴耳環，實際上卻是一隻書蟲。她對小說或詩詞似乎沒有興趣，看的都是專業書籍或學術雜誌。有一次，她翻開著書本睡著，高坂也就得以窺看到書的內容。當時她所看的是一本有關寄生蟲疾病的書。

之後又有幾次偷看的機會，高坂發現佐薙看的書，有九成都和寄生蟲有關。看樣子，她對寄生蟲這種生物似乎有著非比尋常的關注。

他想起高中時代學過的《堤中納言物語》當中的〈愛蟲公主〉這一篇。這個故事描寫的是一位很另類的公主，儘管她的外貌得天獨厚，卻不化妝也不染黑齒，成天只顧著看毛蟲。佐薙被和泉當成公主般過度保護，又只顧著看寄生蟲的書，和這個綽號相配極了。

金髮、穿耳洞、短裙、香菸以及寄生蟲，這些對高坂而言都是「骯髒」的象徵，佐薙聖可說是兼具種種要素的骯髒化身。另一方面，佐薙從一開始就對高坂這個人毫不關心，除了要他提供消磨時間的去處之外，對他似乎別無所求。即使兩人距離如此近，彼此間卻聳立著一堵又高又厚的牆。

*

從認識佐薙算起，正好經過一週。

平常總是門鈴一響，佐薙就會開門進來，這天卻不一樣。門鈴的殘響已消失，

---

註4：Selective Serotonin Reuptake Inhibitors，選擇性5－羥色胺再攝取抑制劑，也稱為「選擇性血清素再攝取抑制劑」，是一種常用的抗抑鬱藥，用來治療抑鬱症、焦慮症、強迫症及神經性厭食症。

門卻一動也不動。高坂因此判斷，這名訪客不是佐薙。

他來到玄關打開門一看，發現所料不錯，站在門外的是和泉。今天他也穿著皺巴巴的西裝，西裝外披著柴斯特大衣，頭髮還是泛著油光，臉上蓄著大約兩天份的落腮鬍。

高坂默默請和泉進來並關上門，然後為了不讓身體碰觸到他而小心翼翼地從他身旁經過，再背對臥室面向他。

「看樣子，你似乎和佐薙聖相處得很順利。」和泉雙手抱胸地稱讚高坂。「我本來沒指望你，沒想到你挺行的嘛。」

「那可多謝了。」高坂答得冷漠。他想到，自己花大錢收買她這件事，最好還是別說出來。

「我只是問來當個參考，你到底是怎麼跟她攀談的？光是要她放下警戒心，應該就費了一番工夫吧？」

「我只是對她說，請妳跟我做朋友。」高坂說著打了聲呵欠。連日睡眠不足，讓他視野模糊、腦袋昏沉。

「然後呢？」

「就這樣。」

和泉皺起眉頭。「喂喂，你唬我的吧？你是說你只這麼說，佐薙聖便傻傻地一路跟你回到家？」

「不然你說我在這種時候說謊，又有什麼好處？」

高坂裝蒜，和泉哼了一聲。

「我不知道你在玩什麼花樣，但還真了不起。看樣子你雖然是個沒工作又犯罪的爛人，卻很有拐騙女人的才能。」

和泉取笑似地對高坂鼓掌。

「那麼，我馬上要你進行下一個任務。」

高坂頓時啞口無言，說不出話來。下一個任務？不是和佐薙當朋友就結束了嗎？該不會這個任務結束後還有下個任務，下個任務結束後也還有下個任務……一直沒完沒了地持續下去吧？

和泉宣告說：

「你要從佐薙聖口中問出她的煩惱。當然不是要你強硬地逼問出來，而是要讓她自然而然地告訴你。」

「煩惱？」高坂確認似地反問。「那個女生有煩惱？」
「當然。這世上不存在沒有煩惱的人，她這種年紀的女生自然更不用說，簡直可以說，煩惱就像是她們的工作。」
「的確，她也許不太尋常……」
「只是話說回來，像是什麼最近皮膚不好啦、指甲根部發白的半月形比正常人大一些啦、左右眼的雙眼皮皺摺位置不一樣啦……這種瑣碎的煩惱沒有意義，你非得問出不可的，是她拒絕上學的理由。」
高坂想了一會兒問：「理由不是單純嫌上學麻煩之類的嗎？」
和泉嘴角一揚，但那是一種帶點攻擊性的笑容。
「果然啊，你對自己的痛那麼敏感，對別人的痛卻遲鈍到了極點。你就是這種傢伙。」他用蘊含諷刺意味的眼神直視高坂。「所以我現在先跟你強調一下，佐薙聖是個比你想像得更尋常的女生。但如果一個尋常的女生做出不尋常的打扮、採取不尋常的行動，那就表示這個女生身上發生不尋常的事。」
和泉朝高坂逼近一步，以高壓的態度說：
「然後，我趁現在給你另一個忠告。一旦我知道你欺騙我或是傷害了佐薙聖，可不只是把病毒那件事報警便能了事。到時候，你多半會被逼得面對這輩子從未經歷過的緊急狀況。你記清楚了。」

高坂乖乖地點頭。

但僅在短短幾小時後，他就在無意間傷害了佐薙。

和泉前腳剛走，佐薙後腳就出現。她對身為這個房間主人的高坂連看也不看一眼，趴上已經化為她專屬貴賓席的床上，把枕頭捲得圓圓的墊在下巴底下翻開書本。高坂心想，感覺自己就像成了地縛靈啊。其實他是在這個房間自殺的男子靈魂，還不知道自己已經死了。房間的所有人已經變更為佐薙聖，但自己還以為她是來訪的客人。這個想像令他相當愉悅。

只是話說回來，他無法安於始終被當成幽靈看待。現在高坂身懷使命，得問出佐薙拒絕上學的原因。他必須想辦法和她對話，順利把話題帶往學校方面去，自然而然地讓她說出拒絕上學的原因。

高坂思索著該如何切入正題才好，想著想著，視線無意識地集中到佐薙身上。佐薙拉開耳機，抬起頭以挑釁的態度問：「幹嘛？你有話想說嗎？」

「不是這樣。」高坂急忙撇開視線，胡亂找些藉口。「這個……我是想到，妳今天也戴著那副耳環。」

「耳環？」

「上次看到的時候，我就覺得很漂亮。只是這樣，沒有別的意思。」

佐薙狐疑地眨了眨眼，然後像是直到現在才想起自己戴著耳環這回事，輕輕碰了碰耳朵確認。

「你要靠近看看嗎？」

「……不用，不必了。」

「是嗎？」

佐薙重新戴好耳機，又開始看書。

她的提議出乎高坂的意料之外。從她平常的態度猜想，被她忽視或咒罵反而是比較自然的反應。

高坂心想，說不定佐薙對那副藍色花朵狀的耳環懷有特殊感情。只要有人誇獎這副耳環，無論對方是誰，她都會高興。

坦白說，高坂對耳環這種東西很沒轍。光是在身上穿洞這回事便令他無法置信，何況還要拿人工物往裡頭插，怎麼想都覺得會造成細菌繁殖。不知道她有沒有每天拿下來好好消毒？

不限於耳環，對於手錶、智慧型手機、包包、眼鏡、耳機等物品，高坂也懷有類似的觀感。即使每天沖澡，要是穿戴的東西是髒的，那不就沒有意義了嗎？

高坂轉動椅子背對佐薙，振作起精神再度思考從佐薙口中問出煩惱的方法。要是問得太直接，也許會被她看穿自己是受到和泉的指使。要怎麼做才能自然而然地提起這個話題呢？畢竟他和佐薙之間連閒聊都不曾有過。

但這時高坂又換了個想法。沒有必要一切都聽從和泉的吩咐，即使謊言從一個增加為兩個也沒什麼太大區別。只要坦白跟佐薙商量：「和泉給了我這樣的指示。」再以付錢之類的方式請她合作就行了。這不是很簡單嗎？

高坂站起來，在佐薙耳邊說：「佐薙，我有點事情要跟妳談談。」

「這次是怎樣？」佐薙拉開耳機，抬頭看著他。

「今天和泉先生給了我新任務，他要我自然地問出妳不去上學的理由。」

「……所以呢？」

「可以請妳幫忙嗎？妳不必說出真心話，只要編個像樣的理由，好讓和泉先生滿意就行了。」

佐薙隔了好一會兒才做出回答，感覺像在收訊不良的地方對虛擬助理說話。一種令人心焦的沉默持續良久。

「他不是叫你自然地問出來嗎？」佐薙撇開臉，不再直視高坂。「那麼，你就自然地問出來不就好了？」

「我就是覺得自己應該辦不到，才這樣拜託妳。我會給妳該有的謝禮。」

「我不想回答。」佐薙說得斬釘截鐵。

「說謊也沒關係啦。」

「我不想說謊。」

說穿了，她的意思大概是不想幫忙吧。高坂思索其他的說辭好一會兒，但最後還是死了心在椅子上坐下。沒什麼好著急的，也許只是她現在心情不太好而已，繼續逼她反倒會惹得她更不高興。高坂心想，還是改天再問問看吧。

多半是因為睡眠不足，高坂不知不覺間在椅子上睡著了。

肩上有種不對勁的感覺。起初還以為是發癢，但這種感覺漸漸變得清晰，是有東西在戳他的肩膀。過一會兒，他察覺到那是人的手指。

——人的手指？

他全身汗毛直豎。

那是反射性的動作。高坂拍掉戳著他肩膀的手。這時，他感覺到自己伸出去的食指指甲，在對方不知道什麼部位的皮膚上劃過。隨即聽到一聲小小的呻吟，讓他一口氣清醒過來。

佐薙痛得表情扭曲，一隻手按住被高坂指甲劃破的右邊臉頰。她一放開手，就可以看見深紅色的血從臉上大約一公分的傷口流出來。她看看手掌上沾到的血，然後慢慢將視線轉移到高坂身上。

高坂心想，自己又搞砸了。

「……我要回去了，所以想跟你說一聲。」

佐薙以缺乏抑揚頓挫的聲調說。

「你就這麼討厭被我碰觸？」

高坂趕緊道歉，但佐薙聽不進去。她用輕蔑的眼神瞪他一眼後，拿起包包粗暴地關上門，離開房間。

高坂在原地呆站良久，關門聲的殘響始終在耳朵深處迴盪。然後，他彷彿這才想起似地拆下床單與枕頭套拿到盥洗區，並脫掉身上的衣服。他把這些全都丟進洗衣機、按下開關，接著去浴室沖澡。

她多半不會再來這裡了吧。

高坂這麼想。

即使到了這個地步，高坂還是說不出自己有潔癖。剛才那是對任何人都會產生的反應，他不是特別討厭被佐薙碰觸。雖說即使高坂老實招出這件事，她可能也會認為高坂是在亂找藉口，不當一回事……然而，總是遠比完全不解釋來得好吧？對方也可能後來比對高坂以往做過的舉動與說過的話，晚了一步才想通。這種情形是有可能發生的。

然而，他已經錯過這個機會。高坂打從心底想著，這下子全部玩完了。他在身體上與精神上都傷害了佐薙，和泉想必不會原諒他。

高坂擦了擦身體回到房間，忽然停下腳步。剛才他方寸大亂沒有注意到，地板上確實有幾滴血跡，多半是從佐薙臉上的傷口滴下來的吧。他蹲下身子，仔細盯著血跡。

對於把他人當成汙穢的高坂而言，血液應該是最忌諱的事物之一。換成是平時，相信他早已二話不說地擦掉，不過不知道為什麼，他看著這些血跡，卻覺得最好留下來。這不太像是想用來警惕自己，連他自己也不清楚原因，最貼切的說法多半是「紀念」吧。

他坐在椅子上，看著佐薙留下的痕跡良久。然後，他心想別再這樣了，應該想些開心的事。

……對了，例如來想想 SilentNight 吧。這種蠕蟲已經遍及手機網路的每一個角落，之後無論他有什麼下場，相信誰也無法阻止 SilentNight，已經太遲了。十二月二十四日時，蠕蟲應該會確實啟動，讓數量龐大的智慧型手機陷入功能停擺的狀況。到時候，街上將滿是無法順利和親友會合的人們。一想像這幅光景，高坂就感到一陣痛快。

當然，這不會只被當成惡作劇了事。儘管 SilentNight 設定成在輸入緊急電話號碼時，會破例讓通訊功能恢復，但相信還是會有人因為這種電腦蠕蟲的影響，而毀了人生中很重要的一段，甚至有人因此喪命也不奇怪。一旦犯罪行為被揭穿，他多半會被處以重刑。

但高坂豁出去了，心想：「我哪管那麼多？」他的人生裡已幾乎沒有東西可以失去，甚至連一丁點可以死命抓住不放的回憶都沒有。

接下來幾天，高坂過著比以前更加頹廢的生活。他連電腦都不碰，躺在床上的角落靜靜等待判決下達。要說他做了什麼，就只有打掃與一連串的清洗。他連吃飯都懶，除了水與固態的營養品以外什麼都不吃。過了四天存糧耗盡之後，他就只喝水過日子。從佐薙臉上流下的血跡，始終留在顯眼的地方。

高坂因為潔癖而傷害他人已經不是第一次，以前他也曾多次重複同樣的失敗，要是連小事都算進去，更是多得沒完沒了。這當然讓他被許多人討厭，但更讓他難受的是，自己有時候甚至連對那些好心朝他伸出手的人們，都忍不住採取了極其無禮的態度。

當時這些人受傷的表情，至今仍烙印在高坂的腦海中，一個也不缺。如果只是出於誤會而惹對方生氣或被對方討厭，他還可以摀住耳朵、縮起脖子等風暴過去。然而，忍不住拒絕對方純粹出於親切的行為，這種罪惡感即使請來「時間」這位最厲害的神醫也無法摘除。

佐薙平常總是一到回家時間就默默離開，只有那一天還特地叫醒睡著的高坂，想跟他道別，也許這證明了高坂讚美她的耳環之後，佐薙對他打開了心門。若是如此，就表示他再度踐踏別人的好意。

高坂心想，自己到底要反覆這樣的情形到幾時？

「如果有人趁我睡著時，俐落地要了我的命就好。」

他試著把這句話說出口。無意間說出的點子，與他的心境十分吻合，令他相當震驚。他甚至覺得，這就是自己的願望。

若是如此，他是為什麼而活了二十七年？

又或者，這二十七年就是為了尋找死法而活。既然他無法選擇要怎麼活，至少想仔細選擇要怎麼死。如果這個假設正確，那麼，只要找到合適的方法，他應該立刻會付諸實行吧。

高坂心中有著清楚的想像：他在學校保健室的床上醒來，室內光線昏暗，鴉雀無聲。窗外是一片灰濛濛的天空，仔細一看，看得出正在下雪。乍看之下，室內除了他以外，似乎沒有別人在，但感受得到不久前才剛有人離開的那種類似空氣擾動的感覺。如果仔細傾聽，偶爾會聽見開關門的聲響以及不知是誰的腳步聲，不管哪一種聲音都是從很遠很遠的地方傳來——自己似乎睡了很久。他忽然間不安起來，抬頭看向牆上的時鐘，說不定在自己睡著的時候，一天就這麼過去了。但這是杞人憂天，現在的時間才下午四點多，還可以再睡。他放下心，再次躺下，把自己裹在毛毯裡，悄悄閉上眼睛，然後，再也不曾醒來。

他心想，如果能這樣死去就好了。

*

電話是在十二月十日打來的，是佐薙不再來他房間的第四天下午。高坂一聽見鈴聲，幾乎就下意識地抓起智慧型手機。他看到顯示在螢幕上的「佐薙聖」三字，立刻按下通話鈕。

「喂？」他對手機的麥克風喊道。

一陣漫長的空白。

等高坂開始懷疑是不是對方誤觸智慧型手機時，佐薙總算開了口。

『我現在，人在寒河江橋下。』

高坂搜尋自己的記憶。他的公寓所在的住宅區，與市鎮中心之間隔著一條河，印象中河上似乎就有一座橋叫這個名字。

「所以呢？」他問。

『來接我。』

雖然也許是因為隔著電話，但她的聲音聽起來格外無力，感覺不到平常那種帶刺的感覺。

「……不好意思，我怕出門。」

『我知道。可是，我希望你來。』

求求你——佐薙加上這句話。

高坂歪了歪頭，心想講這通電話的人真的是佐薙聖嗎？那個少女竟然會擺出這麼低的姿態。

「好吧。」他心不甘情不願地答應了。雖然不太清楚，但至少感受得到狀況急迫。「我馬上過去，大概三十分鐘左右會到。」

『……謝謝。』

佐薙以小得幾乎聽不見的聲音道謝。

高坂一掛斷電話，就戴上口罩與乳膠手套，確定包包裡放了殺菌用品，以萬全的準備走出公寓。

或許是因為繭居期間他一直拉上窗簾，明明戶外陽光並不是很強，但不管等多久眼睛都未適應明亮的光線。四周的積雪反射陽光，照得他眼睛刺痛。這幾天來不健康的生活應該讓他的體重減輕了，但他卻覺得身體格外沉重，多半是因為肌力變弱了吧。

搭公車十分鐘就能抵達的地點，他花費兩倍以上的時間步行前往。過一會兒，前方漸漸看得到寒河江橋。他從樓梯走下河堤，沿著散步道路前進，最後看見橋墩旁有個人低著頭縮在那裡。

「佐薙。」

高坂站到她身旁，出聲叫她，佐薙就緩緩抬起頭。橋下有陰影遮擋，光線昏暗，但仍能清楚看出她的臉色有多差。現在明明是冬天，她的脖子上卻滿是汗水。

「妳身體不舒服嗎？」

佐薙連連搖頭。她的動作像是在說：「不是你猜得那樣，但很難解釋清楚。」

「站得起來嗎？」

她默不作聲，不像是不想回答，比較像連自己也不知道答案而不知所措。

「不用急。」高坂體貼地這麼說。「我會等到妳好轉。」

他在距離佐薙約有五十公分的地方，戰戰兢兢地坐下。坦白說，他片刻也不想多待在這個潮濕且空氣不流通的地方，但又覺得要催現在的佐薙趕快離開，未免太過殘忍。

之後過了整整一小時，佐薙總算站起來。高坂跟著站起後，佐薙有點客氣地抓住他的大衣衣襬。如果是這種程度的間接接觸，他勉強能夠忍耐。

兩人邁出腳步。高坂忽然留意到，佐薙平常掛在頭上的耳機不見了。今天她之所以顯得格外不設防，這也許是原因之一。

抵達公寓後，有好一會兒佐薙就只是抱膝坐在床上。高坂試著問她要不要喝點熱的東西，但她沒有反應。過一會兒太陽下山，他正要開燈，佐薙就制止說：「不要開燈。」高坂縮回了伸到一半的手。

之後過了將近一個小時。太陽已完全西沉，屋子裡一片漆黑，電腦與路由器的電源指示燈格外刺眼。

突然，佐薙毫無預兆地站起來按下電燈開關。人工的蒼白燈光照亮房內的每一個角落，讓所有事物的形狀都鮮明地浮現。然後她回到床上，和平常一樣把枕頭墊在下巴底下趴著，但未翻開書本。

「發生什麼事？」高坂問。

佐薙原本要回頭，轉到一半又打消主意，把臉埋進枕頭裡。

「發生了讓妳沒辦法一個人回家的事，對吧？」

佐薙隔了很長一段時間，才「嗯」了一聲承認。

「……跟你說喔。」她開口。「我很害怕和人對看。」

「什麼意思？」

佐薙吞吞吐吐地說：

「那是自我意識過剩，這點我再清楚不過。可是，我就是沒辦法，就是會覺得每個人全都盯著我看。說是這麼說，可是視線本身不是什麼大不了的問題……你想想，一想到『被人看著』，不就會忍不住看回去嗎？我一回看，本來在看其他地方的對方也會感覺到我的視線，然後看向我——像這樣四目相交時，我的心情就會糟到無法用言語形容的程度，有一種好像被人穿著髒鞋子踩進自己房間，衣櫃和抽屜都被徹徹底底翻過那樣不舒服的感覺。」

高坂一驚。聽佐薙這麼說，他才發現兩人從認識到現在，佐薙幾乎不曾和他對望。視線瞬間交錯的情形有過幾次，但能夠斷定是「四目相交」的情況，也許真的一次都不曾有過。

佐薙繼續說道：「但是話說回來，我又不能完全不出門，也不能閉著眼睛外出，不是嗎？我查過有沒有什麼因應方法，結果查到可以依賴某種用品來減輕症狀。然後，我做了很多嘗試……但不知道怎麼回事，最有效果的不是眼鏡、口罩，也不是帽子，而是耳機。」

「啊啊……」高坂恍然大悟地點頭。「所以妳才一直戴著那麼大的耳機？」

「對。不敢跟人對看又摀住耳朵，根本莫名其妙吧。」

佐薙自嘲地笑了。

「不會。」高坂搖搖頭。「我可以體會。」

這不是謊言。強迫症就是從頭到尾都不合理，這點他已透過自身經驗清楚得不想再清楚。而且對高坂而言，視線恐懼症也非初次聽到的症狀。在翻找有關潔癖的書籍過程中，即使不想看，仍會學到其他強迫症的知識。他曾在書上看過，有人不戴耳機就無法走在人群中的案例，也看過有人明明害怕他人目光，卻特意穿著奇裝異服，或是把頭髮顏色染得很醒目。

高坂對這些人的感覺有某種程度的理解。能夠有效抑制視線恐懼症的不是墨鏡也不是口罩，而是耳機，多半是因為透過阻斷聽覺，讓「自己身在此處」的現實感變得稀薄。之所以故意把頭髮染成醒目的顏色，或是做引人矚目的打扮，則可能是用來保護脆弱心靈的虛張聲勢，又或是在牽制周遭人。就像是披上極其鮮豔的警戒色、擬態成胡蜂來嚇退掠食者的昆蟲，在穿著打扮上模仿不良少年，儘管可能會導致視線往自己身上集中，但能減少對看的次數。

「原來如此，視線恐懼症啊……」高坂又點了點頭。「在聽妳說之前，我完全沒注意到。妳掩飾得真好。」

「……在你面前也許是吧，可是在其他人面前就沒這麼簡單。」佐薙偷偷朝高坂瞥了一眼，立刻又將視線拉回來。「你說話的時候，都不會看對方的眼睛吧？」

她說得沒錯。即使不到視線恐懼症的程度，但高坂也不太敢和人四目相交。只是他之所以討厭和人對看，倒不是因為害怕視線，而是出於不想直視穢物的理由。

這時候他才總算理解和泉所說的「資質」是什麼。說穿了，這個少女就是只能和不敢與人對看的膽小鬼往來。

佐薙一點一滴地說起讓她決定打電話給高坂的事情原委。

今天正午過後，她一如往常前往圖書館。她還了之前借的書，正在物色接下來要借的書，忽然間察覺視線恐懼症的症狀比平常輕微。也許是每天跑去找高坂的效果，到了現在才顯現出來。

她停下腳步思索，心想不如乾脆當作復健，就留在圖書館裡看書。今天正好是假日，館內的人有點多，做為訓練，有這麼點刺激會比較有效。

佐薙在空的位子坐下，翻開書本。起初她還一直在意不存在的視線而無法專心，但視野漸漸往好的方向縮小，她變得只注意到書上的文字。

佐薙閱讀到一半左右時，決定休息一下。她為了活動僵硬的筋骨站起身，搖搖晃晃地穿梭在書架間。她很喜歡這樣漫無目的地在圖書館內散步。即使是對內容沒興趣的書，光是不經意地拿起來，感受書本的裝幀、形狀、分量、氣味與觸感，就令她相當開心。

她離座的時間應該還不到三分鐘，但等她回到座位時，卻發現重要的東西不翼而飛，哪裡都找不到她離開前掛在椅子上的耳機。

佐薙立刻環顧四周。看到一半的書還留在桌上，而且其他東西也都還放在那裡，所以被館方當成讀者忘記帶走的東西而收走的可能性很低，是被偷走了。

她痛恨自己這麼大意，竟然把耳機放著就離開座位。要是沒有耳機，她會連走在人群裡或搭電車都辦不到。為什麼會把這麼重要的東西丟著不管呢？

佐薙把書收進包包，踩著踉蹌的腳步走出圖書館。接下來該花一小時走路回家，還是忍耐著搭電車呢？她覺得兩者差不多一樣困難。她勸自己要正向思考，換個角度來看，這是個好機會，若是通過這次考驗，她的強迫症肯定會變得遠比現在更輕微。

但走出圖書館不到五分鐘，她的心便已遍體鱗傷。她想不起自己以前是怎麼走在外頭。以前自己臉上掛著什麼表情？把視線往哪兒放？踩著多大的步伐？怎麼擺動雙手？她愈是思考這些問題，動作就變得愈生硬，視線恐懼症的症狀也跟著惡化。她逃命似地離開道路，走下河堤躲在寒河江橋下，以溺水的人連稻草也想抓的心情打了電話給高坂。

事情原委就是這樣。

「……我本來以為，自己已經慢慢好轉了。」

佐薙最後說了這句話。

過一會兒，高坂聽見像是啜泣的聲音。

他能痛切體會症狀發作之後喪失自信而變得懦弱的心情，而且他知道這時候口頭上的安慰沒有任何效用。所以高坂不說話，就這麼讓她哭泣。

但佐薙出乎他意料之外，很快就不哭了。她用手掌擦掉眼淚，深呼吸一口氣，坐起上半身，將身體轉過來，坐到了床的邊緣，接著，一瞬間用另有深意的眼神看向高坂。

佐薙也許對他有什麼期待，又或者是他想為佐薙做點什麼，才將這種心情投射到她的眼神中。不管是哪一種，結論都沒有差別，高坂強烈地心想，自己就是該為她做點什麼。佐薙和他不一樣，還處在對很多事情沒有辦法輕易割捨、脆弱而容易受傷的年齡，現在正是她最需要支持的時期。

高坂坐到佐薙身旁，戰戰兢兢地伸出手。手套在他回到住處時就已經脫掉了，所以現在是赤手。他的手碰上佐薙的頭。

這一瞬間，「毛孔」、「皮脂」、「角質」、「表皮葡萄球菌」、「毛囊蟲」等種種可怕的字眼從腦海中閃過，但高坂決定將為這些字眼戰慄的感覺暫且保留。要是想慘叫，大可等佐薙回去之後再盡情慘叫個夠。然而，現在不是時候。

佐薙嚇了一跳地抬起頭來，但她並未做出抗拒的舉止。

高坂僵硬地動了動放在佐薙頭上的手。

他自認是在摸她的頭。

「……不用勉強自己啦。」佐薙嘆著氣說道。

「我沒有勉強自己。」

高坂說著露出微笑，但他身體的顫抖沿著手碰到的部分直接傳到她頭上。

他執意摸著佐薙的頭。也許是覺得這次摸完後，自己再也不能做一樣的事，所以要趁現在多摸個夠。

「好了啦。」

即使佐薙拒絕，他還是說「不好」，並未住手。

「好啦好啦，我已經有精神了，不用再安慰我。」

聽她這麼說，高坂總算把手從她頭上拿開。

「沒那麼鑽牛角尖了？」

「你白痴啊？」

佐薙一副受不了的表情這麼說，但不再鑽牛角尖這點，似乎是無從否認的事實。哪怕只有一點點，但她的聲音確實找回了開朗。

「妳臉上的傷，真的很對不起。」高坂道歉。「還會痛嗎？」

「不會，這點小事沒什麼。」佐薙用手指輕輕摸了摸結痂的傷口。「……你的手，要不要去洗？」

「不用，這樣就好。」

「是嗎？」

高坂仔細看著摸過佐薙的右手。這隻手仍在顫動，但他勉強能夠按捺住想立刻去沖澡的衝動。

「說個笑話給妳聽吧。」高坂說。

「笑話？」

「老實說，我有潔癖。」

「……嗯，我知道。」

「我想也是。」高坂苦笑。「我覺得除了自己以外的人，都骯髒得可怕。光是碰到他們，甚至只是碰到他們碰過的東西、和他們呼吸同樣的空氣，我就覺得自己快要生病了。這是心情上的問題，我自己再清楚不過。可是，我就是沒轍。我試過各式各樣的治療方式，可是症狀只會加重，不曾減輕。」

高坂說到這裡，瞥了一眼窺看佐薙的表情。

「說下去。」她說。

「我第一次交到女朋友時，別說接吻了，連牽手都沒辦法。有一天，這個女朋友親手做了菜給我吃。她是個善於持家的女孩子，擅長各種家事，那一餐也做得很好。可是，儘管她費盡心思做菜——或者正因為她這麼費心——我對於要吃下這些飯菜卻非常抗拒。不管怎麼想用理智壓抑，一想到她直接用手碰過這些食材，我就沒轍。坦白說，我連一口都不想吃，但想到她特地為我下廚，拒絕她實在太失禮，所以就讓腦子放空，勉強自己將飯菜扒進嘴裡。結果，妳猜怎麼樣？」

佐薙默默搖頭，彷彿在說她連猜都不想去猜。

「我大概吃到一半就在女朋友面前吐出來，當時她的表情我實在忘不了。那件事之後不到十天，我們就分手了。直到現在，我還偶爾會夢到當時的事。每次夢到時，她親手做的菜都變得更加講究。在跟她分手以後，我再也沒交過女朋友。」

佐薙緩緩搖了搖頭。「……你講的這件事不太好笑。」

「會嗎？活到二十七歲，連一次接吻都沒有，不是有點好笑嗎？」

高坂的笑話以未爆作收，佐薙下床打了個大大的呵欠。然後她似乎想到什麼，手伸向放著衛生用品的壁架，擠出滿滿的消毒液在雙手上並塗抹均勻，然後小心翼翼地把拋棄式的乳膠手套戴到手上。連口罩都戴上之後，她轉身面向高坂，彷彿在強調她已準備完畢。

她甚至沒給高坂時間問她打算做什麼。

佐薙雙手抓住高坂的肩膀，隔著口罩把嘴唇印上去。

儘管隔著一層薄布，仍能微微感受到嘴唇的柔軟。

等高坂理解到這個行為意味著什麼時，她的嘴唇已經離開。

「你就拿這次將就著充數吧。」

佐薙邊脫下口罩邊說。

高坂說不出話，就像電力耗盡的玩具一樣停下動作，說不定連呼吸也忘了。

「妳在打什麼主意？」高坂好不容易問出口。

「看你可憐，所以吻你一下。感謝我吧。」

「……這可真謝謝妳費心。」

高坂以五味雜陳的表情道謝，佐薙又補上一句：

「而且，我也沒吻過人，所以想說正好。」

雖然不懂是什麼「正好」，但從她的表情看來，似乎不是什麼不好的意思。

「……好，那我差不多要走了。」

佐薙站起來，抓起包包。

「妳一個人回得去嗎？」高坂擔心地問。

「嗯，不是多遠的距離，而且路上的人也變少了。」

「是嗎？」

高坂從她說話的音色判斷，她多半不要緊了。

然後，高坂忽然想起一件事，打開書桌最下面的抽屜，拿出一副耳機，幫佐薙掛到她脖子上。

「可以嗎？會弄髒耶？」佐薙露出有些退縮的表情問。

「我不會再用了，不介意的話就送給妳。」

佐薙雙手放到耳機上，開心地說：「……是嗎？這可幫了我大忙，謝謝你。」

「嗯，晚安，佐薙。」

「晚安，高坂先生。」

她直視高坂的眼睛，微微一笑。

佐薙離開他的住處後，高坂坐在椅子上閉上眼睛，漫無邊際地想著剛才發生在自己身上的事。對了，也許剛才是她第一次稱他為「高坂先生」——高坂就這麼反覆想著各種無關緊要的事。

經過三十分鐘左右，高坂察覺到自己尚未打掃，也沒去沖澡，為此驚嘆不已。他覺得已經好久不曾擺脫清洗強迫症這麼長一段時間。

心中有些東西開始變了——他有這種感覺。

# 第4章 This Wormy World

高坂戴上手套，深深靠在工作椅上翻開雜誌。這果然是一本寄生蟲學的學術雜誌，封面寫著「The Journal of Parasitology」。當然，內容全都是用英文所寫。高坂大感佩服，真虧她年紀輕輕就讀得懂這麼艱深難懂的英文。

他快速翻動頁面，看到有一頁貼上了便利貼。論文的作者是Norman R. Stoll，標題是「This Wormy World」。這該怎麼翻譯才對？這個滿是蟲蛀的世界？這個和蟲子沒兩樣的世界？不對，不可以忘記這是寄生蟲學的論文。這麼說來，翻成「這個充滿寄生蟲的世界」是不是比較妥當呢？

從浴室傳來的淋浴聲停止，過了五分鐘左右，換上睡衣的佐薙現身。高坂看到把黑色毛巾捲在頭上的她，意外地發出「喔～？」一聲。

「怎麼了？」佐薙問。

「沒有，不是什麼大不了的事……只是妳這樣捲著毛巾，金髮的部分會被遮住，讓我覺得妳就像個尋常的女生。」

佐薙眨了眨眼。「啊啊，這個嗎？」她指了指頭上的毛巾。「不好意思喔，我就是個不尋常的女生。」

「我不是說金髮不好，只是妳這樣看起來像是黑髮，感覺很新鮮。」

「反正高坂先生一定偏好那種黑頭髮、白皮膚、很有禮貌、沒戴耳環的乖巧女生吧？」佐薙盤腿坐在床上，露出壞心眼的表情說道。

「我沒說過這種話。」

「那你要怎麼解釋電腦裡面的那個？」

「……妳在說什麼？」

「開玩笑啦，我只是捉弄你一下。」

「不要開這種不吉利的玩笑。」

高坂仰天嘆了一口氣。

佐薙忽然注意到他手上的東西，睜大眼睛。「咦！這本雜誌……」

「啊啊。」在佐薙指出之前，他完全忘記雜誌的存在。「抱歉，我對妳平常都在看什麼有些好奇。擅自碰妳的東西，是不是不太好？」

「也不是啦……你看過以後，覺得如何？」

「內容對我來說難了點，妳的英文很好嗎？」

「不會，考試成績不太好。」

「但卻看得懂論文？」

「只限於這個領域。因為文章結構都大同小異，看久就習慣了。」

「了不起，真想讓懶惰的一般大學生聽聽這句話。」然後，高坂問出先前覺得疑惑的部分。「對了，這個該怎麼翻譯才好？」

佐薙站起來繞到高坂身後，從他肩膀上方探頭去看他指的地方。洗髮精的甜香刺激著他的鼻腔，換成是平常有人待在這麼近的距離，他必會反射性地躲開，但佐薙今天已經沖了澡，所以不要緊。

「你都是大人了，連這個也不懂喔？」佐薙以捉弄的口吻說。

「大人不是妳想像中那麼了不起的生物。」高坂回答。「這是什麼意思？」

「我之前讀到的書上，好像是翻成『這個滿是蟲子的世界』吧。」佐薙回溯記憶似地說道。「一九四七年，寄生蟲學者諾曼．史托爾評論寄生蟲病蔓延的世界而說了這句話，似乎挺有名的。」

「這句話真驚悚。」高坂皺起眉頭。

「順便告訴你，即使在過了半世紀以上的現在，這種狀況也幾乎沒有改變。全世界的人類都在沒有自覺的情形下，在體內養了很多種寄生蟲。日本也不例外。雖然像蛔蟲病、血吸蟲病、瘧疾這些明確與寄生蟲有關的疾病是絕跡了，可是，我們身邊仍然四處潛伏著寄生蟲，牠們一直在窺探傳染的機會；又或是早就已經染上了寄生蟲，只是當事人根本沒有察覺到。」

高坂嘆一口氣。「這樣聽來，潔癖症患者的心靈是一輩子得不到安寧了。」

「很遺憾囉。」

佐薙說要去吹乾頭髮，走出了臥室。

自從彼此吐露自身疾病的那一天以來，佐薙在進入臥室前都會先沖澡。高坂叫她不用那麼費心，但她說「你不用管」而不聽勸。洗完澡後，她還會先換上自己帶來的乾淨衣服，才進到臥室、趴到床上看書，興致來了就找高坂說話。

佐薙從盥洗間回來後似乎還想和高坂繼續聊天，並未趴到床鋪上，而是正對著高坂坐下。

高坂問：「妳好像一直在讀寄生蟲的書，寄生蟲到底有哪裡這麼吸引妳？」

「……要我回答是沒關係，但高坂先生聽了不會不舒服而當場暈倒吧？」

「只要在這個房間裡，我想不要緊。」

「我想想。」佐薙手抵著下巴思索。「高坂先生，你聽過真雙身蟲嗎？」

高坂搖搖頭表示沒聽過，佐薙就開始解說這種寄生蟲的生態：終生交配、像是蝴蝶的外型、被賦予一見鍾情的宿命、盲目的戀情、比翼連理的蟲子。佐薙說了好一會兒，忽然注意到自己變得前所未有地饒舌，頓時紅了臉。但高坂催她繼續說下去，於是她又漸漸說起來。

「這耳環。」佐薙撥起頭髮，把耳環露給高坂看。「也是仿寄生蟲的外型。」

「雖然看來只像是藍色花朵造型的耳環，但有這種形狀的寄生蟲是吧？」

「對，是一種叫做七星庫道蟲（Kudoa Septempunctata）的黏孢子蟲。這是一種會以魚類和環節動物為交互宿主的寄生蟲，每一個孢子裡都有著稱為『極囊』的六到七片花瓣狀結構，從正上方看下去，就像是一朵花。真雙身蟲的鑰匙圈雖然經過簡化，但把七星庫道蟲染成藍色，真的會變得和這個耳環一模一樣。你上網查查看。」

高坂聽她的吩咐，用手上的智慧型手機以「七星庫道蟲」為關鍵字檢索圖片，結果找到幾張顯微鏡照片，照片裡是和佐薙的耳環造型完全相同的微生物。

「我就說一模一樣吧？」

「嚇我一跳，原來真的有這麼漂亮的寄生蟲啊。」

「不過這種寄生蟲是造成食物中毒的原因之一，對人類來說有害就是了。」

高坂放下智慧型手機說：「除此之外，還有沒有像這樣有趣的寄生蟲？」

「嗯～那麼，接下來稍微換個方向吧。」佐薙雙手抱胸，思索了好一會兒。

「高坂先生有潔癖，就算對寄生蟲不熟，應該也聽過弓蟲病吧？」

「嗯，這我聽過。」總算出現他聽過的名稱了。「弓蟲不是一種從貓傳染到人身上的寄生蟲嗎？」

佐薙點點頭。「對，這種寄生蟲就是以引發弓蟲病而聞名。雖然最終宿主是貓，但幾乎可傳染到任何溫血動物身上，當然也會傳染到人身上。」

「最終宿主？」立刻就跑出陌生的字眼，高坂發問。

「是指寄生蟲拿來當成最終目標的宿主。」

佐薙把這個字眼的含意解釋得淺顯易懂。

寄生蟲當中，也有些種類會隨著不同的成長階段，寄生在不同的宿主身上。舉例來說，造成海獸胃線蟲症的寄生蟲是海獸胃線蟲，這種線蟲在海中孵化後，會被磷蝦等甲殼類動物捕食，卻不會在牠們體內被消化，而會活下來並成長到第三期幼蟲階段。接著，甲殼類動物被食物鏈上層的魚類捕食，海獸胃線蟲便在魚類體內繼續成長。之後，魚類遭到鯨魚捕食，海獸胃線蟲就在鯨魚的腸內歷經第四期幼蟲階段，最終發育為成蟲。成蟲產下的卵會混在鯨魚的排泄物裡排進海中。

以上就是海獸胃線蟲的生活史，以這個情形來說，甲殼類動物是「第一中間宿主」，魚類是「第二中間宿主」，鯨魚則是「最終宿主」。所謂的「最終宿主」，就是寄生蟲的最終目標。如果不寄生到最終宿主身上，寄生蟲就無法進行有性生殖。

「……我們把話題拉回來吧。你覺得染上弓蟲的人，全世界加起來大概有多少呢？」佐薙對他出題。

「既然幾乎可傳染到任何溫血動物身上，數目應該相當多吧。大概幾億人？」

「答案是全世界總人口數的三分之一以上。」佐薙說得若無其事。「應該有幾十億人吧。」

高坂睜大眼睛。「有這麼多？」

「如果只限定現在的日本國內，比例當然會再少一點，頂多一、兩成吧。」

「就算這樣也還是很多啊……但反過來說，這不就證明弓蟲對人類無害嗎？不然應該早就鬧得沸沸揚揚。」

「嗯。正常人感染後完全沒有問題。以前人們也普遍認為，除了免疫不全症患者或是孕婦以外，染上這種這種疾病都是無害的。然而最近，卻開始有人說這種寄生蟲，有可能會讓人類的行動與人格產生改變。」

佐薙用手指戳了戳自己的太陽穴說。

「關於弓蟲對宿主的影響，從以前就有個很有意思的研究。雄性老鼠感染這種寄生蟲後，面對本來應該是天敵的貓就不再害怕了。聽說這有可能是因為弓蟲在控制中間宿主的老鼠，讓牠容易被做為弓蟲最終宿主的貓捕食。」

「控制宿主？」高坂大吃一驚，說話的聲音都變調了。這豈不是變成科幻作家海萊因的著作《傀儡主人》的劇情嗎？

「聽說解剖感染了弓蟲的老鼠後，在老鼠的大腦邊緣區周圍，發現非常大量的囊胞。而且再分析弓蟲的DNA之後，發現裡頭含有與合成多巴胺有關的基因。詳細的機制我也不清楚，但弓蟲為了便於繁殖而操縱宿主應該是可以肯定的。說起來，寄生蟲自由操縱宿主這種情形本來就很常見，像槍形吸蟲（Dicrocoelium）和雙盤吸蟲（Leucochloridium）就是很有名的例子，這兩種寄生蟲都以會促使中間宿主自殺或飢餓而聞名。」

高坂想了一會兒後說道：「妳是說人類感染了弓蟲後，大腦裡也會發生類似的情形？」

「就是這麼回事。最近的研究裡得出一個結果：感染弓蟲的男性比起未感染弓蟲的男性，對貓的氣味更有好感。只是，聽說女性的情形卻正好相反。」

「還真是奇妙啊。寄生蟲產生的影響，會因為性別而有差異嗎？」

「在其他寄生蟲身上是不太曾聽說過，但在弓蟲的研究上，卻屢次可看到這種情況。有些研究結果顯示，感染弓蟲後，男性的性格會變得反社會而被異性討厭，女性卻變得善於社交、討異性喜歡。另外還有報告顯示，女性感染者比未感染者的自殺未遂經驗，比例高了一點五倍。」

「原來弓蟲可能促使女性自殺？」高坂忍不住發抖。「這樣的寄生蟲，竟然有全世界總人口數的三分之一都感染了。」

「終究只是有這種可能性，並沒有獲得證實。」

「……話說回來，這情形還真是令人背脊發涼啊。」他露出嚼碎苦蟲似的表情說。「聽說不管是巴斯德還是森鷗外，都因為對細菌學研究得很透徹而有重度潔癖。總覺得對那些眼睛看不見的部分知道得愈清楚，愈會覺得要在這個世界活下去還真辛苦。」

「這種令人毛骨悚然的情形多得是，你想聽嗎？」

高坂搖了搖頭。「不，還是換個話題吧。佐薙，妳除了寄生蟲以外，沒有什麼興趣嗎？」

「嗯……不告訴你。」佐薙將食指豎在嘴前，惡作劇似地說道。

「是不可告人的興趣嗎？」

「是因為這個興趣很少女。」

「我倒覺得一般人應該是公開很少女的興趣，隱瞞喜歡寄生蟲這件事。」

「難為情的基準因人而異。」佐薙噘起嘴。「高坂先生也談談你自己嘛，寫病毒有什麼地方吸引你？」

於是，高坂說出他對惡意軟體產生興趣的過程，包括一封告知世界末日的簡訊讓他獲得小小的解脫，他想到自己是不是也寫得出類似的東西，而且實際動手後，發現寫病毒出乎意料地適合自己，不知不覺間成為他活下去的動力。

「收到世界末日的簡訊而覺得輕鬆了些的這種心情，我有點能體會。」佐薙表示共鳴。「倒是高坂先生之前寫的是什麼樣的病毒？」

「佐薙知道日本最早確認的電腦病毒是哪一種嗎？」

「不知道。」

「日本的第一款國產病毒是在一九八九年發現的，名叫『Japanese Christmas』，是一種惡作劇性質的病毒，只會在十二月二十五日在電腦上顯示聖誕訊息。我寫出來的惡意軟體，也一樣是設計成會在聖誕夜啟動，只是造成的損害要更嚴重一點。」

佐薙的下巴動了幾公分，催他說下去。

「說穿了，我寫的是一種讓人們孤立的蠕蟲。」高坂以淺顯易懂的方式說明。「會讓中毒的智慧型手機，在從聖誕夜當天傍晚到聖誕節晚上這段期間，失去通訊功能。我寫的時候，是想說全日本的情侶最好都碰面失敗……好笑吧？」

但佐薙沒有笑。

聽到高坂這句話的瞬間，她像被雷劈中似地瞪大眼睛、呆住不動。

「妳怎麼啦？」

高坂問，但佐薙的視線始終固定在他的喉頭，並未回答，而她的眼睛多半什麼都沒在看。

佐薙定住不動，默默思索良久，彷彿在眼前發現了世界的裂痕，一直盯著虛空中的一個點，甚至令人覺得如果仔細傾聽，還會聽見她高速思考的聲響。

高坂察覺到，多半是自己所說的話中，有著撼動佐薙心靈的成分。但若要問他所說的話中，哪個部分有著這樣的力量，他可毫無頭緒。

結果，佐薙對於自己突然不說話的理由未做任何說明，生硬地轉換了話題。然而即使是在聊著其他無關緊要的話題且聊得起勁的時候，她的注意力似乎仍然放在先前的「某種事物」上。

佐薙會動搖也是無可奈何的，因為高坂所寫的惡意軟體，即使是巧合也未免太像了——像她所知道的某一樣東西。

＊

這天是每週一次的採買日。高坂雙手提著購物袋，走在路燈照亮的夜路上。路上到處都積著薄薄一層冰，黑黑亮亮的。空氣極為澄澈，連小小的星星都能用肉眼清楚看見。

可以看到圍繞行道樹擺放的椅子上坐著一名中年男子。男子一看到高坂，就把喝到一半的罐裝咖啡放到椅子上站起來。

「嗨。」和泉舉起一隻手說。「看起來很重啊，要不要我幫忙提？」

「不用了。」高坂拒絕。「……你是來查看工作的進度嗎？」

「差不多是這樣。」

和泉的穿著打扮還是一如往常，在西裝外頭披著有點髒的柴斯特大衣。他是只有這件大衣嗎？還是說，他來見高坂的時候都決定這麼穿？不，也許純粹只是對服裝不關心吧。

和泉再次坐到椅子上，朝高坂的購物袋看一眼。「我從以前就一直有個疑問，有潔癖的人到底都吃些什麼東西過活？」

「麥片、固態的營養品、豆腐、罐頭、冷凍蔬菜……」高坂列舉出購物袋裡的東西。「不能吃的東西的確很多，但我不會覺得受限，而且我本來食量就小。」

「肉類、生魚片或是生菜之類的呢？」

「我討厭油膩的東西，所以不吃肉。生魚片絕對沒辦法。生菜是只要洗乾淨、自己調理的，就可以吃。雖然也不會特別喜歡吃。」

「酒呢？」

「只有威士忌，要我喝的話我是能喝。」

高坂在腦中補上一句，只限拉弗格（Laphroaig）或波摩（Bowmore）這類有種藥味的威士忌就是了。

「太好了。」和泉煞有其事地點點頭。「就算是沒有潔癖的人，也很多人不敢喝威士忌。從這個角度來看，你還算是好命。」

高坂在和泉身旁坐下，把購物袋放到地上。袋子裡的罐頭碰撞出聲響。他先把因為呼氣而有水氣的口罩拉到下巴底下，然後說道：

「佐薙聖拒絕上學的原因，是視線恐懼症。」

隔了幾秒鐘後，和泉問：「你是從她本人口中問出來的嗎？」

「是。她說戴耳機就是用來緩和這種症狀。」

「……我一時無法相信啊。」和泉顯得狐疑。「真的是佐薙聖這麼說的？你應該不是只憑猜測就這麼說吧？」

「她本人什麼都沒跟你說嗎？」高坂試探他。

「她對她自己的事情什麼都不說，是保密主義者。」

高坂心想，原來如此。從和泉剛才的說法來看，和泉與佐薙之間，肯定有著某種程度的溝通。

「是她有一次剛好發作，打電話向我求救。我想，要不是有這件事，想從她口中問出煩惱，大概還得等上很長一段時間。」

「向你求救？」和泉似乎沒料到會有這種情形，反問了一聲。「真是大爆冷門，實在是世事難料。照我的預測，你本來是我僱用過的傢伙裡最沒望的一個。」

「應該是因為當時除了我以外，她沒有別人可以求救吧。我只是運氣好。」

「不對，應該不是這樣。能夠問出佐薙聖拒絕上學理由的人，你還是第一個。以前無論是她心靈多脆弱的時候，都不曾對自己人以外的人，招出自己有視線恐懼症。也就是說，她等於把你當成自己人。」

高坂心想，如果這是事實，那真是令人開心。但他不能對和泉的話照單全收，因為他說不定只是編出這樣一番話，好哄得高坂服服貼貼。即使他對以前僱用過的每一個人都說過一模一樣的話，那也沒什麼不可思議。

和泉從大衣內側口袋拿出一個信封，遞給高坂。

「這是酬勞，但只有一半。剩下的一半我會不會付，要看你今後的表現。」

一半，也就表示金額正好跟佐薙拿走的份一樣。先前付出去的錢總算收回來，讓高坂鬆一口氣。他接過信封，塞到口袋裡。

「……那麼，我接下來該做什麼才好？」

和泉並未立刻回答，而是靠在椅背上仰望天空，高坂也跟著看向上空。本以為是開始下雪了，但似乎不是。和泉似乎是在思索，看來倒也像是在從無數的繁星中尋找答案。

和泉拿起放在一旁的罐裝咖啡喝一口，喘了一口氣之後，回答了這個問題。

「你什麼都不用做。」

高坂面向和泉，睜大雙眼。「也就是說，我的工作已經……」

「啊，你可別會錯意，你的工作不是就這麼結束了。我所謂的什麼都不用做，是叫你維持現狀。你要和先前一樣繼續當她親密的朋友。這樣下去……說不定會發生有意思的事。」

「有意思的事？」

和泉不理會他的問題。

「我要說的話說完了，改天再跟你聯絡。」

和泉冷漠地丟下這句話，從椅子站起身，眼看就要離去卻又停下腳步，轉過身來說：

「我忘記說最重要的事。有一件事我要先警告你。」

「什麼事？」

「無論今後發生什麼事，絕對不要和佐薙聖跨越那一道界線，即使是對方主動要求的也一樣。你有潔癖，我想是不用擔心，但凡事就怕有個萬一，所以我還是先跟你說清楚。你要像西格納和西格納瑞絲(註5)那樣，貫徹柏拉圖式的關係。」

高坂啞口無言地看著和泉的臉，然後才慢半拍地用力皺起眉頭。

「你在說什麼啊？請問你知不知道我跟她之間相差幾歲？」

「別說那麼多，乖乖答應我就對了。我這麼說不是擔心佐薙聖，而是為了你好。要是你忽視我的警告，到時候最為難的會是你自己。信不信由你。」

高坂嘆一口氣。「你太杞人憂天了，我連跟她牽手都辦不到。」

「好，我會祈禱你們今後也一直都是這樣。」

和泉留下這句話，就消失在冰冷的黑暗中。

＊

高坂被佐薙用電話叫出去。感覺不像上次的電話那麼迫切，比較像是有點事情要說就打來了。

『我想試一件事，你立刻來圖書館接我。』

佐薙說完這句話，就單方面地掛斷電話。高坂遲疑一會兒，最後還是死心地換了衣服、戴上手套和口罩，做好外出的準備。但即將走出房間時，他又改變主意，拿下口罩丟進垃圾桶。雖然連他自己都不知道是為什麼，但就是覺得這樣似乎會比較好。

佐薙坐在通往圖書館大門的樓梯上等他。她還是老樣子，穿著打扮會讓人擔心

註5：宮澤賢治的短篇童話作品，描寫由東北本線鐵路信號機擬人化而來的男性西格納，與由釜石線信號機擬人化而成的女性西格納瑞絲之間，一段平淡而感人的愛情故事。

她雙腳受涼，而她也真的在微微發抖，但當事人自己則似乎是將這種發抖當成理所當然的現象。佐薙一認出高坂，就拿下耳機小小舉起手。

「妳說想試什麼事？」高坂問。

「這我沒辦法馬上回答，等一下再告訴你。」

佐薙起身，兩人並肩而行。

在前往公寓的路上，高坂好幾次窺看佐薙的側臉。以前他什麼都沒多想，但或許是因為遭和泉空穴來風地查問一番，今天他就是會忍不住在意佐薙。

高坂試著自問，是否將這個喜歡寄生蟲、有著視線恐懼症的少女，當成戀愛對象看待？過一會兒，他得到答案：「沒有這回事。」的確，他對佐薙聖懷抱特殊感情，這是千真萬確的事實。然而，這終究只是一種有著相似煩惱的朋友之間非常自然的好意，與戀愛感情相差十萬八千里。

高坂覺得可笑，將這種不安一笑置之。對方明明還只是個十幾歲的小孩子。相信和泉也不是真的擔心才說出那種話，多半只是預防萬一罷了。

不知不覺間，佐薙湊過來盯著他的臉。高坂擔心是不是自己想著不可告人的事而表現在臉上，但看樣子並非如此。

「高坂先生，假設我現在要你再摸一次我的頭，你會怎麼做？」

這個出乎意料之外的問題，讓高坂的反應慢了一會兒。

「妳希望我摸嗎？」

「只是假設。你行？還是不行？」

高坂試著在腦中評估這個假設。

「我想，如果努力一點不會做不到。」

「我就說吧？」

「……然後呢？」

「我像這樣跟高坂先生走在一起的時候，沒有耳機也不要緊。」

聽她這麼一說，高坂才發現不知不覺間，她已經拿下耳機塞進包包裡。

「看樣子，我只要和高坂先生在一起，視線恐懼症就會稍微緩解。也許是因為有正確掌握我症狀的人待在身邊。高坂先生呢？」

高坂一驚，手伸向嘴邊，然後豁然開朗。他之所以會在即將出門時，隱約覺得這樣比較好而脫下口罩，原來是這麼一回事。多半是因為等一下要跟佐薙碰面而感到安心，讓他比平常輕鬆。

「的確，我也是只要跟佐薙在一起，潔癖症狀似乎會減輕一些。」

「果然如此。」佐薙得意地說。「雖然不知道是基於什麼原理，但我們沒有理由不去利用。」

「利用？用來做什麼？」

「那還用說？就是用來訓練自己習慣外界啊。我們要合力一起復健，好讓我們將來不用戴上耳機或手套也能出門。」

「……原來如此，這主意不錯。」高坂同意。

「然後，我想了一下……」

佐薙立刻說起這項計畫的概要。

十二月十七日，星期六。

仔細想想，這是佐薙第一次上午就來他的房間。

兩人一碰面，佐薙就朝高坂遞出新幹線的車票。高坂事先聽她說過要去遠一點的地方，但本來還以為最遠也只在縣內，不由得有些退縮。

他正要付車票錢，但佐薙斬釘截鐵地拒絕。

「這是我送你的禮物，所以不收你的錢。相對的，不管目的地是什麼樣的地方，你都別抱怨。」

「知道了。」高坂答應後小聲補上一句：「只要不是太髒的地方。」

兩人朝目的地出發。為防萬一，他們各自將耳機與手套塞進包包裡，但這些用品只是最後手段。除非情況緊急，否則他們不打算拿出來。

搭車途中的記憶幾乎一點也不剩。高坂總之就是拚命什麼都不想，根本沒有心情欣賞景色或聊天。佐薙也一樣，搭乘新幹線時一直低著頭，顯得心浮氣躁。

的確，他們的強迫症症狀比平常要輕微得多，然而舉例來說，這就像是體溫從四十度降到三十九度，即使多少得到改善是事實，卻一樣是病得很重。

兩人在終點的東京車站下車，轉乘山手線外環（註6）時，高坂的不安達到顛峰。車廂內非常擁擠，每當車廂搖晃，就會和身邊乘客緊貼在一起，讓他感受到一股彷彿全身有蟲子在爬的噁心感覺。光是呼吸，都會覺得身體從內側開始被其他人呼出的氣息所汙染。

---

註6：順時針方向的山手線列車。

他的胃一陣絞痛，強烈想嘔吐，酸液湧上喉頭，腳下搖搖晃晃，只覺得一個不小心就會當場暈倒。

但他身旁有佐薙。她抓住高坂大衣的衣襬，咬緊牙關地拚命抵抗恐懼。一想到有佐薙在，胃痛與噁心感就漸漸退去。「現在這一瞬間，佐薙能夠依靠的只有我一個，我怎麼可以不振作起來？」高坂鼓舞自己。

「妳還好嗎？」高坂小聲問她。「還撐得住嗎？」

「嗯，不要緊。」佐薙以乾澀的嗓音回答。

「如果忍耐不了，要馬上跟我說。」

「你的臉色才糟糕。」佐薙逞強地笑說。「如果忍耐不了，要馬上跟我說。」

「我會的。」

高坂也跟著笑了。

乘車時間還不到二十分鐘，但若借用愛因斯坦的說法，這是手放在滾燙烤爐上的二十分鐘。走下列車時，高坂感受到一種像是被關在列車上長達兩、三個小時的疲勞。

兩人離開目黑站，往西走了十五分鐘左右後，佐薙停下腳步。

「到了。」

高坂抬起頭。佐薙的視線所向之處是一棟小巧的六層樓建築，建築物上寫著「財團法人目黑寄生蟲館」。

寄生蟲館？

「這地方似乎不太適合我。」高坂委婉地抗議。

「我們不是說好了，不管去什麼樣的地方，你都別抱怨嗎？」

佐薙微微歪著頭微笑。

高坂已經沒有力氣抵抗。

高坂跟在佐薙身後踏進館內。約有小車站候車室大小的空間裡，展示著各種與寄生蟲有關的資料與標本。兩人按照順序，把這些展示品從頭看到尾。玻璃櫃裡琳瑯滿目的標本瓶中，泡著各式各樣的寄生蟲，其中還包括體內住了寄生蟲的生物或內臟。

實際看到寄生蟲之前，高坂本來還擔心要是看到寄生蟲的標本，自己會不舒服得昏倒。然而玻璃瓶裡泡在藥水中的寄生蟲，看來不怎麼像蟲，比較像是抽象的雕塑，意外給他一種清潔的感覺。

部分寄生蟲有著麵條或蔬菜般的外型。有鉤條蟲與無鉤條蟲像是縮水的寬扁麵，榴吸盤蟲像是木耳。當然其中也有令人無法直視的噁心標本，例如罹患棘球蚴病而導致腹部有巨大潰瘍的田鼠，或是被海洋鰓蛭寄生的綠蠵龜等等。高坂看到這些標本時，忍不住表情痙攣，佐薙則若無其事地鑑賞著。

除了高坂他們以外，還有五組雙人的來賓，其中四組是情侶。高坂無法理解為什麼會挑這種地方約會。有的情侶吵吵鬧鬧，像是來這裡找東西嚇自己取樂，但也有的情侶夾雜著專用術語，淡淡地互相述說感想。

「高坂先生，你看。」

先前一直默默看著標本的佐薙開口。她的視線所向之處是一個標本瓶，上面貼的標籤只寫著「真雙身蟲」。說明文上記載：「乍看之下是一隻蝴蝶，其實是兩隻從幼蟲時期就相遇的蟲合而為一的模樣，是很特殊的寄生蟲。」與佐薙先前的說明大致相符。這是目黑寄生蟲館的創辦人龜谷了當成畢生志業在研究的寄生蟲，同時也成為這間寄生蟲館的標誌。

高坂湊過去看擺在標本瓶前方的放大鏡。

「怎麼樣？」佐薙在身旁問。

「……是蝴蝶。」

它的確有著蝴蝶般的外型。一隻有著偏白的顏色、後翅很小的蝴蝶。形狀和佐薙的鑰匙圈幾乎完全一樣。

高坂在玻璃櫃前蹲下，出神地看著真雙身蟲的標本良久。不知道為什麼，高坂覺得這有著符號化外型的一對寄生蟲，讓他感到非常懷念。

二樓的展示看板上，將一種叫做曼氏裂頭條蟲（Spirometra Mansoni）的寄生蟲說明，和弓蟲與海洋鰓蛭等既有的寄生蟲並列。根據上頭的說明，曼氏裂頭條蟲寄生到人類身上後，會引發一種又稱為曼氏孤蟲症的傳染病。

所謂「孤蟲」是仿「孤兒」一詞所創造的詞彙，似乎是指發現了幼蟲，但尚未確認成蟲為何的蟲。

「嚴格說來，曼氏孤蟲症不是孤蟲症。」佐薙在高坂身旁補充說明。「曼氏裂頭條蟲在發現的當時只發現了幼蟲，長達三十年以上都被當成孤蟲看待。也因為這樣，『曼氏孤蟲症』這個病名已經根深蒂固，即使在已經發現成蟲的現在，還是習慣性地繼續使用這個名稱。」

佐薙指了指玻璃櫃的右端。

「相對的，這個芽殖孤蟲（Sparganum Sroliferum）從被人發現以來，已經過了一百年以上，但到現在還沒發現成蟲，是不折不扣的孤蟲。牠一寄生到人體就會在體內反覆分裂、增殖，入侵包括大腦在內的所有器官，破壞組織，最終會讓感染者全身都長滿芽殖孤蟲而死。現在尚未確立治療方式，致死率達到百分之百。因為藥物治療沒有效果，而要用外科手術摘除，數量又太多。」

高坂倒抽一口氣。「原來真的有這麼危險的寄生蟲存在啊？」

「嗯。只是話說回來，全世界這種寄生蟲的病例也還只有十幾例就是了。」

接下來兩人默默看了標本好一會兒。

「佐薙，我有個疑問。」高坂看著芽殖孤蟲的標本說。「芽殖孤蟲為什麼要殺人？聽妳的說法，這種寄生蟲所做的事情就只是同歸於盡。一旦殺死當成宿主的人類，寄生在人體內的芽殖孤蟲也會跟著死掉吧？這不就像是自己把自己居住的島給弄沉嗎？」

佐薙轉過來看著高坂，彷彿在稱讚他這個問題問得好。

「寄生蟲並不是隨時都能寄生到想寄生的對象身上，有時候也會誤闖進非固有宿主——不是中間宿主也不是最終宿主，連保幼宿主都當不了的宿主——體內。對寄生蟲而言，寄生到非固有宿主身上，也就意味著將會永遠失去寄生到最終宿主身上的機會。這種時候，大部分寄生蟲都會就這樣死去，但也有部分寄生蟲會頑強抵抗，設法寄生到固有宿主身上，於是就以幼蟲的狀態轉移到器官或組織內。有些情況下，這樣的轉移會造成宿主病危，也就是所謂幼蟲移行症的症候群。聽說寄生在淡水魚身上的顎口線蟲，若是傳染到人類身上，將會在人體內迷路十年以上。」

「所以牠們只是想從不小心誤闖的宿主體內逃出去？」

「我想大概是吧。像那麼可怕的芽殖孤蟲，寄生在固有宿主身上的時候，應該也很安分。高坂先生說得沒錯，害死了最終宿主，只會導致同歸於盡。」

高坂點點頭。聽她這麼一說，就想起他曾經聽說過，據說會從狐狸傳染到人身上的棘球條蟲，寄生在狐狸身上時是無害的。

佐薙以流暢的口吻說下去。「只是話說回來，倒也不是說寄生蟲就絕對不會危害最終宿主。例如有鉤條蟲是一種以人類為最終宿主的寄生蟲，但牠的幼蟲入侵到大腦或脊髓而造成的囊蟲病，對我們人類而言就是相當致命的傳染病。這麼說也是因為——」

佐薙說到這裡忽然住口。不知不覺間，四周的來賓都默不作聲地仔細聽她說話。有人用看著珍奇生物似的眼神看著她，也有人單純感到佩服。佐薙往四周掃視一圈，察覺到自己無意中吸引了眾人的目光，趕緊躲到高坂背後。

「……我們差不多該出去了吧？」佐薙用小得幾乎聽不見的聲音說。

「也對。」高坂贊成。

如果這一天佐薙將囊蟲病講解到最後，之後發生的事件，也許就會有不太一樣的結果。

人類吃下含有條蟲蟲卵的食物後，蟲卵會在腸內孵化，孵出稱為囊蟲的幼蟲。囊蟲會沿著腸子移動到全身，在各處形成囊胞。若這種囊胞出現在大腦或脊髓等中樞神經部位的話，就會引發囊蟲病。但其實在囊蟲還活著的期間，幾乎都不會產生症狀。

問題是出在囊蟲死了以後。中樞神經內的囊蟲之死，會引發強烈的組織反應。囊胞周圍會產生局部發炎症狀與神經膠質瘤，因此引發自律神經失調與癲癇症等等。一旦達到這個階段，囊蟲病的致死率就會高達百分之五十。

讓高坂而非別人得知這項知識，將有著重要的意義。換成是對寄生蟲外行的他，或許就有可能不受先入為主的觀念所囿，而是單純以自己擁有的知識去印證，進而找到真相。

＊

和去程相比，回程輕鬆許多。他們在一家咖啡廳吃點輕食休息一下後，再度踏上歸途。搭乘新幹線時，兩人一直在聊些無關緊要的話題。

「對了，記得好像聽人說過，寄生蟲可以治好過敏。那是真的嗎？」

「的確有過這樣的實驗結果。不只是過敏，對潰瘍性大腸炎與克隆氏症等自體免疫性疾病似乎也有療效。只是話說回來，這不表示安全性已得到保證，所以要在國內實際用於治療，大概還是很久以後的事。」

高坂歪了歪頭說：「那到底是怎麼運作的呢？照常理推想，總覺得有寄生蟲這樣的異物跑進體內，應該會引發嚴重的過敏症狀才對。」

「當然也不是沒有這種情形，只是……」佐薙沉默幾秒，像是在把壓縮過的記憶解壓縮。「人體的免疫機制，有一部分是以寄生者存在為前提而成立的。最近我們在體內找到寄生蟲往往會大驚小怪，但直到數十年前為止，染上各式各樣的寄生蟲反而才是常態。要是免疫系統一一去攻擊所有入侵者，人類的身體會隨時都是戰場，轉眼間變得殘破不堪，所以我們的身體有一種機制，對於不太有害的入侵者會選擇共存這條路。」

「和平共存嗎？」

「對。這和一種控制免疫反應、名叫『調節T細胞（regulatory T cell）』的細胞有關，但有些人這種細胞數量不夠，無法產生免疫寬容現象，因此免疫系統會對異物進行過剩的攻擊，甚至連對自己的細胞與組織都產生敵意。說得簡單點，這是過敏和自我免疫性疾病的原理。因此，讓免疫抑制機制啟動，就能改善免疫相關的疾病。但要喚醒這種調節T細胞，似乎是靠『受宿主容忍的寄生者』。換句話說，也就是缺乏寄生者的過度清潔狀態，加快了現代的過敏與自我免疫性疾病患者增加的速度。」

高坂思索了一會兒才說：「也就是說，寄生蟲之所以能治好過敏，是因為寄生蟲會幫忙巧妙地放寬免疫系統的警戒心？」

「我想，說得簡單一點就是這麼回事。」

高坂心想，這令人聯想起佛洛伊德晚年所提倡的「生存本能（Eros）與死亡本能（Thanatos）」。記得那個學說也是認為，本來應該朝向外側的能量，轉而朝向內側產生自我破壞的作用。

「只是話說回來，人體會『以寄生者的存在為前提』，還真是讓人震撼。」

「會嗎？腸內細菌不就是典型的例子？」

高坂恍然大悟。聽她這麼一說，就覺得的確是如此。

走在為了轉乘而下車的車站二樓通道時，中途不經意地往窗外一看，能將站前的大道盡收眼底。路燈加上了燈飾點綴，讓整條大道染上夢幻的橘色光芒。高坂將視線移到佐薙身上，發現她也盯著窗外的燈飾看得出神。那是一種摻雜著輕蔑與羨慕的眼神。

換乘民營鐵路幾十分鐘後，總算漸漸看到熟悉的街景。他們走出車站，品味久違的戶外新鮮空氣。夜空澄澈且晴朗無雲，可以清晰看見缺了一半的月亮。

「我們好像平安回來了。」佐薙感慨萬千地說。

「勉強啦。」高坂回答。「以第一次來說，這場訓練有點艱辛啊。」

在鴉雀無聲的住宅區裡走著走著，佐薙忽然停下腳步。她的視線所向之處是一座兒童公園，那是個多半連捉迷藏都沒辦法玩的狹小公園。佐薙毫不猶豫地踏入公園，高坂也跟了過去。

這座公園似乎已很久沒人使用，園內積了多得不得了的雪。每踏出一步，腳都會陷入雪中直至腳踝。由於這裡的雪質很容易壓實，他們邊把去路上的積雪踩實邊前進，也就得以防止雪跑進雪靴裡。

來到翠綠色的攀爬架前，佐薙毫不猶豫地爬了上去。她在頂端坐下，邊喊著「好冰、好冰」邊呼氣溫暖雙手，然後俯視高坂得意地微笑。

高坂戰戰兢兢地伸手去抓攀爬架，為了避免一腳踩滑，邊拍掉積雪邊小心翼翼地往上爬，最後來到佐薙身邊坐下。

他上一次爬上攀爬架，已經是國小時的事。兩人好一陣子不說話，品味這種懷念又新鮮的感覺。只是視線提高兩、三公尺，世界的樣貌就和平常不太一樣。公園裡的雪吸了月光，發出蒼白的光芒。

過一會兒，佐薙打破沉默說道：

「高坂先生，你還記得我之前跟你說過的真雙身蟲嗎？」

「當然記得。那是一種有著像是蝴蝶的外型、宿命般的一見鍾情、終生交配、為戀愛盲目、比翼連理的蟲，對吧？」

「完美。」佐薙雙手一拍露出微笑，接著又問：「……高坂先生，你可曾這樣想過？」

——自己會不會一輩子都找不到能夠稱為伴侶的對象？

——自己會不會不曾與人相愛，就這麼死去？

——自己死的時候，會不會沒有一個人為自己流淚？

「我不是真雙身蟲，所以有時候，忍不住會在睡前冒出這樣的念頭。」佐薙不帶感情地淡淡說道。「不知道高坂先生能不能體會這種心情？」

高坂深深點頭。「我也經常在思考差不多的事。走在外頭，看到一臉幸福的夫妻時，就會心有所感地想著：『啊，那多半是我一輩子也得不到的東西。』每次遇到這種情形，都會讓我悲傷得不得了。」他說到這裡停頓了一會兒，又加上幾句話：「可是，我覺得妳不必擔心這種事。妳比我年輕多了，人又聰明，坦白說長得也很漂亮。妳的優點足以彌補缺點而且還有剩。我想，妳不必現在就這麼悲觀。」

佐薙緩緩搖了搖頭。「高坂先生對我了解不多才說得出這種話。」

「也許吧。可是，要是覺得最清楚自己的人就是自己，那也是不對的，有一些地方正因為是本人才會忽略，也許有時候別人看見的東西反而比較接近真相。」

「……也對，但願如此囉。」

佐薙落寞地瞇起眼睛，正要開口說些什麼時，卻又打消主意似地閉上嘴，然後緩緩起身。

「差不多該回去了吧，變得好冷。」

「就這麼辦。」高坂也站起來。

走出公園後，兩人始終不說話，他們就這麼一語不發地來到該分頭回家的岔路口。高坂正要道別時，佐薙打斷他的話說：

「我覺得不管要做什麼，都有個明確的目標比較好。」

高坂花了大約五秒鐘，才理解她指的是克服強迫症這件事。

「所以，這個主意你聽聽看。在聖誕夜來臨前，我要能走在街上不在意別人的視線，高坂先生則要能和別人牽手，不怕弄髒。等我們達成這個目標，就在聖誕夜當晚，兩人手牽著手走在站前掛了聖誕燈飾的大道上，然後小小慶祝一下。」

「聽起來很有意思。」

「那就這麼說定了。」

佐薙說完，便背對高坂快步離開。

高坂回家後，漫無目標地查了目黑寄生蟲館的資料，結果查出一個令他驚愕的事實。目黑寄生蟲館在當地似乎是有名的約會去處，所以才會有那麼多情侶。

# 第5章　冬蟲夏草

兩人開始每天都在固定的時間外出。佐薙一如往常來到高坂的住處後，兩人會為了讓心情鎮定下來，先發呆個三十分鐘左右，然後整理服裝儀容走出住處，散步一個小時左右之後回到公寓，各自用自己的方法讓心情平靜下來。

每天結束前，兩人會測試訓練的成果。佐薙會測試自己能和高坂對看幾秒，高坂則是測試能和佐薙牽手幾秒。

高坂切身感受到，自己的潔癖症狀一天比一天改善。雖然他還是一樣無法獨自搭電車，但只要和佐薙一起，他甚至能吃些簡單的外食。雖然只是漸漸改善，但他洗手的頻率降低，打掃的時間變短，房裡的消毒水味也漸漸變淡。

佐薙看出高坂的潔癖已日益緩和，開始會帶他去餵野生動物。池裡的天鵝、公園的野貓、站前廣場的鴿子，甚至連垃圾場的鳥，佐薙都一視同仁地餵食，高坂則會在稍遠處看著。

高坂問她到底喜歡野生動物的哪裡，佐薙就給了他一個有些令他意外的回答。

「以前看過的書上寫說，動物的意識裡沒有過去也沒有未來，就只有現在。因此，無論牠們經歷多少次難過的事、累積了多少經驗，苦惱的體驗都不會累積下來，所以不管是第一次的苦惱還是第一千次的苦惱，動物都是認定為『現在的苦惱』。也因為這樣，動物不會懷抱希望亦不會陷入絕望，才能夠像那樣維持心情平靜。有個哲學家形容這種情形為『對當下的全面投入』……我就是很嚮往動物的這種樣貌。」

「總覺得有點艱澀啊。所以妳並不是因為貓可愛才喜歡貓？」

「貓當然可愛。」佐薙說得一副被冤枉的模樣。「如果可以，我想變成貓。還有，也想要像鳥一樣的翅膀。」

「妳想變成長翅膀的貓？」

「那種東西才不是貓。」

佐薙強烈否定。

兩人一起走在街上，就有形形色色的發現。平常那些只是掠過眼前的風景，只要有佐薙在身邊，「不知道看在她眼裡，這個世界是什麼模樣？」的想法，就會成為想像的泉源。感覺像是得到一組新的知覺器官。就像裝上了全新鏡頭的相機，對於所有事物都有新的認知。

佐薙多半也有同樣的感受。有一次她看著遠方，有一句沒一句地說：

「一個人走在街上跟兩個人走在街上，感覺完全不一樣。」

佐薙為高坂塗上他沒塗上的顏色，高坂替佐薙塗上她沒塗上的顏色，兩人互相將彼此的世界補上色彩。透過這樣的交流，世界的樣貌顯得更加清晰。

兩個人一起吃飯比一個人吃飯好吃，兩個人一起行動比一個人行動更開心，兩個人一起看比一個人看更美。對大多數人來說，這是極為理所當然的事，根本不需要特意說出口，但對高坂與佐薙來說，卻是足以撼動人生觀的重大發現。幸福，會迴盪。

他們覺得，現在似乎能夠理解人們相互依偎的理由。

高坂並非忘記和泉的警告。他自認有在遵守和泉要他「維持現狀」的要求，並維持適切的距離，避免與佐薙的關係變得太緊密。每當她走近一步，高坂就退開一步；當她退開一步，高坂就走近一步。簡直像在跳舞。

但即使他自己沒有這樣的打算，兩人間的距離仍一步一步接近。這是當然的，他們共享如此大量的時間、煩惱、世界，兩人之間的關係不可能沒有進展。不知不覺間，高坂已經來到不能回頭的地步。現在他還勉強停留在朋友的範圍內，但一個弄不好，失去平衡而倒過去，也只是時間的問題。

這一刻來臨了。

事情發生在十二月二十日，是個下著大顆半融雪粒的夜晚。

高坂在椅子上打盹。他並不是累了，也不是睡眠不足，單純只是喜歡在佐薙身邊睡覺。

這已經成為他每天的例行公事。待在看書的佐薙身旁打瞌睡，就能夠作個好夢。雖然這些夢沒有紮實的劇情，像是由片斷的影像拼湊而成，醒來後想不起任何具體的內容，卻只留下幸福的餘韻。他作的就是這樣的夢。

這一天，當他從夢中醒來，在眼前見到佐薙的臉孔。

高坂嚇一跳，身體彈起幾公分，但對方的反應比他更大。當他睜開眼睛的瞬間，佐薙嚇得花容失色地往後跳開，就像偷偷做壞事的小孩，被人從背後吼了一聲的反應。

接著，他們的目光交會。佐薙大受驚嚇——但她的震驚不是因為高坂突然醒來，而是出於別件事。

「早安。」

高坂對佐薙微笑。這個微笑意味著：「我會當作什麼都沒有看到。」

但佐薙未回答。她坐在床的邊緣，一直看著膝上用力握緊的拳頭，和內心的混亂抗戰。平常總是慵懶瞇起的眼睛睜得大大的，隨時緊緊閉上的嘴唇半開。

過一會兒，她回過神來似地抬起頭，深吸一口氣用沙啞的聲音說：

「對不起。」

她的面容沉痛得像是殺了人後東窗事發，讓高坂有些愣住。緊接著，他才慢半拍地理解到佐薙本來想做什麼。他察覺到，先前醒來時出現在自己眼前的臉，與以前隔著口罩湊過來吻他的臉，角度完美地一致。

「妳太誇張了，我並不在意啊。」高坂說。「而且這次我也沒抓傷妳。」

「不是。」佐薙重重搖頭。「我差一點就要做出無法挽回的事。」

說著，她在床上抱住膝蓋，鬱悶不語。

做出無法挽回的事？高坂歪頭納悶。他想得到的可能性只有一個——和泉對他加上一條「不要跨越那一道界線」的規則，而她多半是對差點害他打破這個規則而道歉吧。

剛才的狀況的確危險。然而，即使真是如此，她的反應會不會太誇張了點？雖說那次是隔著口罩，但先前她已經做過差不多的事，總覺得事到如今，似乎不必那麼大驚小怪。

但佐薙接下來說的這句話，令他大為震驚。

「要是我們繼續這樣在一起，我遲早有一天會殺了高坂先生。」

她始終不看高坂，落寞地微微一笑。

佐薙用手背擦去雙眼滲出的眼淚後站起來。

「所以，我不會再來這裡了。」

她說完這句話，就踩著毫不猶豫的腳步走出房間。

等高坂從混亂中恢復、追出公寓，已經哪裡都看不見佐薙的身影。

大顆的雪粒灑在夜晚的街道上。

高坂再度變成孤身一人。

＊

幾天過去了。明知即使找出答案，佐薙也不會回來，但高坂就是無法不去思考她消失的理由。

他自認沒犯下什麼重大失誤。實際上，這十天左右的日子裡，高坂與佐薙的關係應該是極為良好，他對這點有自信。她對於兩人共度的時光由衷地樂在其中，這是千真萬確的。

高坂心想，佐薙之所以從他面前消失，應該不是因為討厭他了。然而——就如佐薙所說，高坂對她一無所知，只是自以為了解她而已。

可是，現在他覺得多少能夠懂她。那位少女身上多半縈繞著某種比視線恐懼症更致命的「事物」，就是這樣事物妨礙她與其他人交流。儘管沒有根據，但他就是直覺地有了這樣的確信。視線恐懼症多半只是這樣「事物」所引發的症狀之一。

說來非常遺憾，但考慮到過去有六個人受託進行同樣的工作卻都失敗，就覺得佐薙會逃離自己也是理所當然。想來這多半是一場從一開始就陷入僵局的賽局。

然而，唯有一件事讓他想不通。她說「我遲早有一天會殺了高坂先生」究竟是什麼意思?是該解釋為會給他添麻煩的誇張說法?還是該照字面意思來解釋呢?

不,別再想了。已經過去的事,再怎麼煩惱都無濟於事。

高坂的生活漸漸變回認識佐薙之前的情形。起初,獨自度過的午後時光讓他閒得發慌,但很快就習慣了。已經持續長達五年以上的生活型態,自然不可能那麼容易就忘記。他徹底打掃房間,細心消除佐薙存在過的痕跡,反覆沖澡趕開佐薙留下的感覺。

*

十二月二十四日,下午四點。距離高坂製作的 SilentNight 啟動,只剩下不到一個小時的時間。雖然不清楚中毒的裝置數量有多少,但即使保守估計應該也不下數千。他所寫的蠕蟲感染力,與既有的手機惡意軟體不可同日而語。

身為作者的高坂本人不太有自覺,但 SilentNight 其實是一款非常創新的手機惡意軟體。過去也曾有過會剝奪手機通訊功能的惡意軟體,例如二〇〇九年發現的「SilentMutter」、「Radiocutter」等等。但無論是哪一種,到二〇一一年為止確知的惡意軟體都因為技術上的問題，過半數是屬於特洛伊木馬。相對的，SilentNight是能透過手機網路自我複製的「蠕蟲」，傳染力不是既有的手機惡意軟體所能相比。而且至少在現階段，尚未有網路安全公司針對這項惡意軟體敲響警鐘。

根據部分說法，一九九九年肆虐的病毒「Melissa」造成的損害超過八千萬美元。翌年發現的蠕蟲「Loveletter」造成的損害金額，更高達數十億美元。即使是單一個人寫出來的惡意軟體，只要一個弄不好，就是能對世界造成這麼重大的打擊。如果一切順利，SilentNight即使未必能撼動世界，或許也能夠在兩、三天內集眾人矚目於一身。

但高坂不會想見證這個景象。寫惡意軟體曾是他活下去的動力，現在卻只覺得如此空虛。高坂自己也不知道這是不是佐薙造成的。

高坂靜靜下定決心，決定在換日前自首。他不是認為在被和泉舉發前就先自首可以減刑，只是隱約覺得現在自首正合適。

當他換好衣服站到玄關時，聽見門鈴響了。他早知道來者不是佐薙。本以為多半是和泉，但高坂的直覺告訴他這個猜測也錯了。

門外是一名男性快遞業者。男子冷漠地遞出筆與收據，高坂簽名後，男子將紙袋交給他便快步離開。

回到臥室打開紙袋一看，裡面裝的是一條酒紅色圍巾。把這條折起的圍巾攤開來一看，有個東西掉了出來，是樣式簡單的幾張信紙以及一個信封。由於信封掉到地上，讓信封裡的東西灑了出來。

高坂撿起信紙，塞進大衣口袋。他根本不想去數掉在地上的鈔票數目。因為鈔票的合計金額以及送到他手上的理由，他都早已知道。

佐薙之所以從高坂手中奪走一半的酬勞，以做為當他朋友的條件，多半是想和他建立平等的關係。她應該極力想避免讓高坂有自己是拿錢辦事的心態。但如今兩人的關係已經破局，也就沒有必要維持這種平等。

高坂把接在充電器上的智慧型手機拿下來，隨手將圍巾塞進包包就走出房間。他要去的地方是派出所。雖然連他自己也不清楚理由，但總覺得不該用打電話的方式自首，而是應該親自前往派出所。

他並未戴上手套與口罩。這是他對自己施加的小小懲罰。

途中，高坂拿出口袋裡的信紙讀起來。

『我突然那樣離開，相信你一定嚇了一大跳吧。真的很對不起。我滿心想解釋清楚，但什麼話都不能由我說出口。因為即使說上千言萬語，多半也只會加深高坂先生的混亂。我唯一可以肯定的是，高坂先生沒有任何責任，所有問題全出在我身上。都怪我不該懷抱痴心妄想的期待。』

以她的年紀來說，字寫得很端正，文體也和平常直白的口吻大相逕庭。然而神奇的是他不覺得突兀，甚至覺得比起平常嘴上說的話，寫在信上的文章還要更加體現出佐薙的內在。

高坂將目光移到第二張信紙上。

『我好喜歡待在高坂先生的房間裡什麼也不做、兩人一起發呆的那些時光。能夠維持那麼平靜的心情，是我這輩子首次的體驗。我想，多半是因為喜歡的人就在身邊。謝謝你給我一段這麼美妙的時光。』

一陣沉默般的留白後，接著是第三張信紙。

『這不是報恩，但我要送你我親手織的圍巾。是的，這就是我一直隱瞞的「很少女的興趣」。如果你不喜歡，儘管丟掉沒關係。坦白說，我只是想找個人送一次東西試試看。』

然後是第四張信紙。

『和泉先生那邊，我已經拜託他放過高坂先生了。他非常寵我，所以相信他一定會照我說的做……本來我打算只寫下這件事就把信寄出去，多餘的事寫著寫著就變得這麼長了。對不起。』

最後，她對這封信做了這樣的總結：

『這是我最後一次聯絡高坂先生。請儘管把我忘得一乾二淨。再見。』

幾乎就在看完信的同時，高坂來到派出所前。他在這裡停下腳步。派出所內的時鐘正好指著晚上五點。

高坂將信紙塞進口袋，從包包裡拿出圍巾舉到面前。這條圍巾有著織得很仔細的島嶼編織花紋，精巧得幾乎讓人錯以為是市面上販售的商品。

高坂把這條圍巾繞到脖子上。他知道這是別人親手編織的圍巾卻還是這麼做，連他自己都覺得不可思議到了極點。對於以往討厭「親手做的菜」、「親手寫的字」、「親手編的毛織品」等各種「親手製品」的他而言，本來這件禮物——即使是佐薙編的——應該也是厭惡的對象。這當中存在極大的矛盾，不是以天氣冷到不圍圍巾不行就可以解釋清楚。

高坂站到派出所前，把臉埋進圍巾裡，茫然看著明亮燦爛的紅色燈光。

也不知道就這麼過了多久。
他忽然間想到，自己已經無可救藥地愛上佐薙聖。
這是二十七歲才來的初戀。
對象是個十七歲的少女。
可是，他不覺得這有什麼可恥。就只是一個本來就異常的人，在異常的狀況下，談了一場異常的戀愛罷了。沒有任何奇怪的地方。
他轉身背對派出所。因為他已經沒有自首的念頭。

他接下來的行動非常迅速。高坂打開已經幾天沒開機的智慧型手機，試著撥打佐薙的號碼，但鈴聲只響了一聲就斷。這種掛斷電話的方式很奇怪。他重撥了幾次，結果還是一樣，感覺不像是對方關掉手機電源或待在收不到訊號的地方。是佐薙設定不接他的電話嗎？
這時，高坂想到一個可能，說不定這是 SilentNight 導致的。也許 SilentNight 的感染情形擴大到遠超出他的預估，連佐薙的智慧型手機也中毒了。仔細一想就發現這絕非不可能。

高坂束手無策。如果這個假設正確，表示他在短短幾分鐘前失去了聯絡佐薙的辦法。即使想直接去找佐薙，高坂也不知道她的住址。非得就這麼等上整整兩天，直到蠕蟲的影響消失嗎？他搖了搖頭，心想不對，這樣不行。雖然不知道為什麼，但他就是覺得一定得在今天之內將自己的心意告訴佐薙，否則再也不會有這樣的機會來臨。他沒有時間磨蹭。可是，要去哪裡才見得到她呢？高坂絞盡腦汁，但連一個可能的地方都想不到。

高坂笑了笑，心想真是諷刺。為了讓世上的情侶困擾而製作出來的蠕蟲，峰迴路轉之下卻掐住自己的脖子。所謂詛咒是傷敵又傷己，講的大概就是這麼回事吧。

臉頰上傳來冰冷的感覺，讓高坂仰望天空。是下雪了嗎？他將手掌朝上，等待雪花落到手上。這時，他忽然對自己並未戴上手套這件事產生疑問，接著聯想從這裡串了起來：手套、訓練、牽手、佐薙的手、站前、燈飾、聖誕夜。

『所以，這個主意你聽聽看。在聖誕夜來臨前，我要能走在街上不在意別人的視線，高坂先生則要能和別人牽手，不怕弄髒。等我們達成這個目標，就在聖誕夜當晚，兩人手牽著手走在站前掛了聖誕燈飾的大道上，然後小小慶祝一下。』

高坂確信，她只可能待在那個地方。

高坂用跑的抵達車站後，跳上即將發車的電車。車廂裡有幾個空位，但他沒有坐下，而是站在牆邊調整呼吸。他拿出智慧型手機，為了掌握蠕蟲的感染狀況，查看這一個小時內有沒有人在網路上提及新種的手機蠕蟲。乍看之下，只有五、六個人的發言中提到智慧型手機突然失去通訊功能。高坂見狀正要鬆一口氣，卻又立刻發現自己有多傻。除非身邊就有別的裝置可以上網，否則這種蠕蟲的受害者根本無法在網路上發言。試圖用網路來掌握被斷絕通訊的人數，就像用點名的方式清點死者人數一樣。

他放棄了解蠕蟲的感染狀況，把智慧型手機收回口袋，多半還得等上好一陣子損害狀況才會揭曉吧。

他走下電車，剛穿過剪票口就被一名中年男子叫住。男子說很不好意思提出這種不情之請，但還是希望跟他借用一下行動電話，並說他有需要立刻聯絡的對象，但智慧型手機從剛剛就故障不能用。

「電話和郵件都不能用，但可以從電話簿查看號碼。所以我想說，那就用公用電話好了。結果誠如您所見……」

男子所指的方向有一幅異樣的光景。

距離剪票口有一點距離的三台公用電話前大排長龍，隊伍最前方還可以看到有人邊看著智慧型手機的畫面，邊按下公用電話的撥號按鈕。想必這些人全都是蠕蟲的受害者。

高坂吞了吞口水，心想事態搞不好已經演變得比自己想像中更嚴重。

現在的狀況分秒必爭，但高坂還是把智慧型手機借給這名男子。男子不知道眼前這個人就是造成這場混亂的元凶，還朝他深深一鞠躬道謝。

男子打電話時，高坂重新就和佐薙取得聯絡的手段思索了一番，接著他忽然發現自己並不需要聯絡她。如果佐薙還有心思和他見面，相信她今晚一定會出現在站前大道。他們就是這麼約定的。相反的，如果沒有這個想法，即使電話打通了也沒有意義。現在該擔心的不是佐薙會不會出現在約定好的地點，而是她來了自己卻沒能找到她的情形。

站務員在剪票口前方設置了留言板，可以看見人群立刻湧過去。男子很快就講完電話，將智慧型手機還給高坂，然後道謝離去。高坂忍住想拿殺菌用品消毒的衝動，把智慧型手機放回口袋。接著他走出車站前往站前廣場。如果佐薙會現身，多半會選擇那裡。

廣場上看來有許多孤身一人的年輕人。雖然應該不是所有人都如此，但他們之中至少有幾成是因為聯絡手段被蠕蟲剝奪而見不到想見的人。有人不高興地抽著菸看向遠方，有人坐在長椅上四處張望，有人心浮氣躁地在廣場上走來走去。這樣的光景，讓他想起行動電話尚未普及的時代。

高坂在鐘樓旁的長椅坐下，專心看著自車站走向大道的人們。他磨亮所有感官，從現在起對走出車站的人一個也不漏看。

但即使他持續等了一個小時、兩個小時，佐薙始終沒有要出現的跡象。每當有金色短髮的女性進入視野，他就會期待地探出上半身，但每次都認錯人。

雪愈下愈大，擠得廣場水洩不通的人潮慢慢變少。不知不覺間，剩下的人已少到用一隻手就數得完。出入車站的人變得稀稀疏疏，也就不再需要集中精神觀察。

三個小時終於過去。

他心想，再等下去，或許也已經沒有意義。

相信那個約定早就已經失效了吧。

他嘆一口氣仰望夜空。全身冰冷，尤其膝蓋以下更冰冷得不像是自己的身體。

但身體上的寒冷不是什麼大不了的問題。胸中那股先前感覺就像自己一部分的溫暖已經消失，沉重的寒氣灌進空出來的空白處。剩下的一點微微餘溫，反而像是在強調現在有多麼寒冷。

原來這就是名為寂寞的情緒啊，他到了二十七歲才總算明白，只覺得大開眼界。以往他雖然隱約知道戀愛與寂寞是什麼樣子，卻一直認定這些情緒本質上和自己無關，作夢也沒想到會有這麼一天能像這樣切身感受。高坂心想，也許是那天佐薙給他的那個吻，改寫了構成他這個人的一部分資料。

鐘樓敲響鐘聲，告知時間來到晚上九點，離聖誕燈飾熄燈只剩一個小時。

到了這地步，把高坂留在原地的不是別的，只是想爭一口氣。他幾乎已經放棄希望，心想佐薙總不會現在才出現在這裡——而他的這個預感，從某個角度來說是正確的。

鐘聲響完後，高坂將視線掃向四周。廣場上的人們差不多都離開了，除了他以外只剩下一個女生。這個女生穿著端莊，顯得很乖巧。她快要被凍僵似地將臉埋在圍巾裡，低著頭一動也不動，大概是已經這樣待了很久，頭上與肩膀上都堆積著純白的雪花。

說不定她也是與相愛的人錯過的人之一。一想到這裡，高坂就滿心覺得過意不去。現在的他，能夠痛切體會這個女生的心情。

高坂想跟她道歉說：「引起這場動亂的人就是我。我嫉妒這世上的情侶而寫出來的蠕蟲造成這樣的情形。」當然即使說出這樣的話，多半也沒辦法讓對方相信，頂多只會被當成瘋子，但他的判斷力早已因為寒冷與失望而麻痺。

高坂從長椅上站起來走向這個女生。他全身肌肉僵硬，走起路來變得像是傀儡一樣生硬。

「小姐，不好意思。」

他叫了一聲，女生抬起頭來。

接著，她露出微笑。

只是這麼一個反應，高坂就當場說不出話來。

他震驚過度，暫時連呼吸也忘了。

感覺全身的力氣漸漸流失。

「我一直在等，想說不知道何時才會被發現。」女生說。

「……妳這樣，太賊了啦。」高坂總算說出話來。「再怎麼說也改變太多，哪可能認得出來？」

「可是，不做到這個程度，不就白變裝了？」

佐薙緩緩站起身，拍掉頭髮與大衣上的積雪。

想來佐薙應該從很久以前就待在這裡，只是高坂忽略了她，其實她從一開始就待在高坂的視野之中。只是話說回來，這不表示他有眼無珠。換成是別人處在同樣的狀況下，十個人當中，應該有九個會犯下和他一樣的錯。

高坂在腦海中描繪佐薙聖這個少女時，最先浮現的是染成金色的頭髮，接著是造型粗獷的耳機、太短的裙子、藍色的耳環，而眼前這名少女不符合這些條件之中的任何一個。她的頭髮全黑，未戴耳機，裙子的長度也在正常範圍內。雖然只有耳環還是一樣，但這種東西不走近根本看不出來。

「我差點就要死心，以為妳不來了呢。真是的，妳也太壞心了啦。」高坂露出拿她沒轍的表情說。

「我就待在你身邊啊，要怪就該怪高坂先生自己沒發現。」

「虧妳有臉講這種話。」高坂聳了聳肩。「佐薙從一開始就注意到我了嗎？」

「嗯，因為你的圍巾。」佐薙將視線投向高坂的脖子。「我一眼就看出來了。

你真的有拿來用呢。」

「是啊。因為今天特別冷……」高坂難為情地說。「別說這個了，妳把頭髮染回黑色，是表示妳想回去上學了嗎？」

「算是吧，這也是原因之一。」

「還有其他理由？」

「呃。」佐薙將視線轉往斜下方，把玩著被雪沾濕的黑髮說。「因為我想說，反正高坂先生一定比較喜歡這種看起來正經的樣子……」

佐薙以說笑的語氣笑著，但高坂沒有笑。

冰冷的身體軸心，就像點火似地漸漸發熱。

下一瞬間，高坂已經將佐薙擁在懷裡。

佐薙發出「咦！」一聲驚呼。

「……你不要緊嗎？」

佐薙在他懷裡關心地問。

「坦白說，不是不要緊。」高坂疼惜地摸著佐薙的頭。「可是，不知道為什麼，如果是被佐薙弄髒，我就可以容許。」

「……你真沒禮貌。」

佐薙說得好笑，老實不客氣地把雙手繞到高坂背後。

＊

到元旦為止的這七天，高坂與佐薙度過了人生中最平靜而滿足的時光。他們兩人一起逐一找回以往人生中失去的事物、得不到的事物、放棄的事物。對許多人來說，這一點也不稀奇，是一種寒酸、沒什麼了不起的幸福；但對他們兩人來說，那種幸福本來無異於天馬行空。只是手牽著手、只是肩並著肩、只是彼此對望，對他們而言，在在都是個人史上的重大事件。

結果這七天來，高坂一次都不曾對佐薙下手。他並不是在遵守和泉訂下的規矩，也不是覺得她的身體骯髒或缺乏跨過那一道界線的勇氣，純粹只是想好好珍惜佐薙。他覺得，要動那種念頭，等她達到再成熟一點的年齡也還不遲。

或許是知道高坂的這種心意，佐薙似乎也避免做出過度的接觸或暴露，小心不對他造成無謂的刺激。她這種合作的態度，讓高坂覺得非常可貴。因為儘管有個體差異，但自制心這種東西本來就很脆弱，只要輕輕一碰就會粉碎。

坦白說，年底的這幾天，從聖誕夜到聖誕節期間肆虐的手機蠕蟲，在社會上鬧得沸沸揚揚。SilentNight 成了世界上第一款造成大規模中毒的手機蠕蟲，在惡意軟體的歷史上小小留了名。然而高坂在聖誕節以後的這七天都不曾看新聞一眼，自然無從得知這種事。

如今這一切都不重要了。他覺得除了眼前的佐薙以外，這世上根本沒有任何值得關心的事物。

日後他回顧那段時光，是這麼描述自己的心情：「當時的我，內心深處早已知道這多半是第一次，也是最後一次的機會，所以才會想好好度過每一分每一秒，不要留下後悔。」

高坂彷彿自己親眼見證過，確信兩人之間幸福的時間不會持續太久。

換個角度來看，這也許就像是蟲的報訊（註7）。

佐薙先前說過「我遲早有一天會殺了高坂先生」，但他決定先不追問這句話的含意。他心中有種預感，貿然去解開她的祕密，會將本來就已經很短的緩刑期間減少得更短。

即使真的因為自己拖延著不去找結論，導致被佐薙殺死的結果，那也無所謂。高坂暗自心想，要是佐薙想殺他，那就儘管隨她高興。反正一旦少了佐薙，他的人生也將跟著失去意義。

和泉現身是在一月一日的下午。

兩人結束新年參拜後，無所事事地在房間裡打盹。就在離睡著只差一步的時候，一陣門鈴聲將他拉回現實。

他小心不要吵醒在他膝上睡得香甜的佐薙，輕輕讓她躺到床上，之後才去應門。即使打開門後看見和泉站在門外，他也幾乎不為所動。

「我一直覺得你差不多該來了。」高坂被室外的光線照得瞇起眼睛這麼說。

「佐薙聖在這裡吧？」和泉問。逆光讓高坂看不清楚他的表情。

「她在，但在睡覺。是不是該叫醒她？」

註7：日本諺語，指不祥的預感。

「對，不好意思，麻煩叫她起來。」

高坂回到臥室，輕輕搖了搖佐薙的肩膀。一告訴她「和泉先生來找妳」，佐薙立刻清醒起身。

兩人聽從和泉的吩咐，坐上停在公寓正前方的小客車後座。那是一輛很難令人留下印象的黑色汽車，要是停在寬廣的停車場中，多半轉眼間就會找不到車子。車內的暖氣開得很強，座椅有著淡淡的芳香劑香氣。

車子開動後好一會兒，三人一句話也不說。等到開上國道、遇到紅燈時，和泉才總算切入正題。

「高坂賢吾，我現在非得告訴你一件有點震撼的事實不可。」

「和泉先生。」佐薙插了嘴。「……不要。」

但和泉不理她，繼續說下去。

「你的腦子裡住著一種新型寄生蟲。由於還沒有正式學名，我們就稱之為『蟲』。若省略麻煩的解釋，粗略地說來，你之所以無法適應社會，就是這種『蟲』導致的。」

他起初還以為這是在開玩笑。
高坂心想，這一定是只有和泉與佐薙聽得懂的特有笑話。
但只要看看佐薙的表情就一目了然，這不是在開玩笑。
她嘴唇顫動，血色全失的臉一直低著。
就好像由衷為了讓高坂知道這件事而羞恥。
「然後，佐薙聖的腦袋裡也有這種『蟲』。」和泉說下去。「你腦袋裡的『蟲』和佐薙聖腦子裡的『蟲』呼喚著彼此。你也許覺得佐薙聖是你命中註定的對象，但這種感情是『蟲』創造出來的。你們的戀愛，只不過是一場傀儡之戀。」
透過照後鏡看見的和泉，臉上表情極度正經。
高坂將視線轉往佐薙身上，尋求否定的話語。
但從她口中吐出的是……
「……對不起，我騙了你。」
只有這麼一句話。

# 第6章　蟲太好

車子停在郊外的一間診所前。感覺上車程大約是十五分鐘，但由於有太多事情要想，導致對於時間的感覺變得麻痺，說不定實際上花了兩倍以上的時間，也說不定正好相反，其實連一半都不到。

無論實際上是長是短，照理說他們都未移動太長的距離，但就在這幾分鐘到幾十分鐘之間，景色已完全變了樣，眼前有著一整片的純白。

群山環繞，眼睛看得到的範圍內，除了診所之外看不見其他建築物。沿路孤伶伶地立著公車站牌，站牌旁邊聊備一格地擺了兩張老舊的木椅子。站牌與椅子都被厚實的雪蓋住，總覺得連公車司機都會不小心忽略。這是個難以言喻、冷冷清清的地方。

引擎熄火後，車內籠罩在寂靜之中。和泉隔了一次呼吸的空檔後，打開車門走下車，高坂與佐薙跟著照做。當腳碰到地面時，傳來一陣爽脆的、踏到雪的感覺。徹底剷了雪的地方只有正面玄關附近，寬廣的停車場中，大部分都積著一層踩下去會陷到腳踝的雪。

診所是一棟不但不美觀，甚至給人陰沉感覺的建築物。外牆彷彿是特意想和雪景融合為一的乳白色，從遠方看去就覺得輪廓模糊。自屋簷垂下的幾根冰柱，長的達一公尺以上，眼看隨時會承受不住自身的重量掉下來。

入口前的牆上有一塊寫著「瓜實診所」的招牌。進了門後，可看到一間有著三排咖啡色沙發椅的候診室。日光燈似乎壽命將盡，室內十分昏暗，反射出油亮光澤的亞麻仁油地板有著青苔般的渾濁綠色，角落放著高得和狹小室內不搭調的盆栽。

候診室裡有三名患者，都是老年人。老人們小聲談話，高坂等人來到他們身旁時，他們一瞬間看了過來，但隨即又轉回去交談。

擔任櫃檯小姐的是一名臉孔像戴著能樂面具的三十幾歲女性。她一看到和泉便輕輕低頭，然後彷彿任務就此結束，又低下頭回去處理文書工作。

和泉在診療室前停下腳步，要高坂進去。

「瓜實醫生有話要跟你說。」和泉告訴他。「我們待在候診室。你談完了就馬上回來。」

高坂點點頭，然後看了佐薙一眼，佐薙的視線剛要和他交會就立刻撇開。她丟下和泉，自己先走向候診室。

一敲門，便聽到裡面有人說：「請進。」

高坂打開門踏進診療室。從入口看去，左邊的書桌前坐著一名年約半百、看似醫生的男子。他剃得很短的頭髮已經全白，眉毛與留得豐厚的鬍鬚也一樣白，眉心刻著有如象徵苦惱痕跡的深深皺紋。高坂推測，這人應該就是院長瓜實。

瓜實從書桌上抬起頭，轉過身來。旋轉椅隨著他的動作而發出咿軋聲。

「請坐。」

高坂在病患用的椅子坐下。

瓜實上上下下打量高坂全身。這時高坂還不知道眼前的老人就是佐薙的外祖父，所以並未深入思考他的視線有什麼含意。

「你聽說了多少？」瓜實問。

高坂回想起車上的談話回答：「只聽說我的腦子裡有新型寄生蟲，就是這種『蟲』讓我談戀愛又讓我變得無法適應社會。」

瓜實「嗯」了一聲，摸了摸鬍鬚。「那個，該怎麼跟你講解才好？」他靠到椅背上嘆了一口氣。「你叫高坂是吧？對於你腦子裡有未知的寄生蟲，身為宿主的人類連做決定都會受到寄生蟲影響這樣荒唐無稽的說法，你又當真到什麼地步？」

「……坦白說，我還半信半疑。」

瓜實點點頭。「我想也是，這才是正常的反應。」

「只是，」高坂補充。「有的寄生蟲會改變人類的行動，這種說法我聽佐薙說過。所以，我認為即使這世上存在著會影響人做決定的寄生蟲，那也絕非什麼不可能的事情。只是，聽到連我之所以無法適應社會，都可以用這一點來解釋……該怎麼說？就覺得蟲太好（註8），讓我遲疑著不太敢相信……」

瓜實打斷他的話。

「不對，你錯了。不是因為蟲太好，而是蟲不好。」

他遞出一張折起來的紙。那是從報紙剪下來的新聞，日期是去年的七月二十日，標題寫著：

**醫生和病患在院內自殺，疑為殉情。**

註8：日本諺語，指想法太自我中心、只考量到自己的情況。

上面是這麼寫的。

「要是就這麼放著不管，你們或許也會和他們走上同一條路。」

瓜實說完這句話，從抽屜裡拿出文件交給高坂。

「這篇報導中提及的醫生，在自殺之前寄了一封郵件給我。郵件沒有標題也沒有內文，只附上一個純文字檔。檔案的內容，是兩人從認識到殉情為止的這段期間內的信件往來紀錄。只要看過這個，相信你可以搞懂有關『蟲』的大致情形。」

高坂放低視線，翻開接過來的文件第一頁。

＊

寄件日：2011/06/10

標題：前幾天非常對不起

我是和泉，前幾天在診察中吞吞吐吐的，無法好好把事情說清楚，似乎弄得醫生一團亂，實在非常對不起。我自認為已經事先將該說的內容整理好，然而一旦來到醫生面前，腦子就變得一片空白。下次未必就不會這樣，所以我決定先透過郵件解釋看看。我想，這樣多半會遠比直接見面說話要來得正確又快速……

我當時想說明的是，我是經由什麼樣的來龍去脈知道甘露寺醫生的名字。突然提出一篇老論文，相信醫生會認為這個病患真奇怪，實在非常對不起。現在想想就覺得老實照時間順序說明，事情應該會變得簡單明瞭許多。對不起，我做事這麼沒要領……我打算記取教訓，在郵件中好好依照事情發生的順序述說。這會有點長，還請見諒。

起初出現的徵兆是頭痛。我記得大約是四月中旬的事。

頭痛大約持續了半個月。我本來就有偏頭痛的毛病，但還是第一次發生持續這麼久的頭痛。在這之前，我只要吃個藥，兩、三天便會沒事。

話說回來，當時我並未把這件事看得太嚴重，以為不是累積了太大的壓力就是患了花粉症之類的。實際上，頭痛本身的確沒什麼大不了，過了半個月左右疼痛就漸漸平息，最後完全消失。我鬆一口氣，心想那果然是暫時性的健康狀況不佳。

問題是在那之後。我的頭痛治好後過了一陣子，留意到自己的心思離不開一種奇妙的幻想。

我在區公所擔任臨時職員，平常是開車通勤。這一天我一如往常開車前往職場，經過一個路口時，我突然受到一股突如其來的莫大恐懼侵襲。我趕緊踩煞車，把車停到路肩，然後回顧身後。

我剛剛是不是撞到人——這樣的可能性從腦海中閃過。當然，如果真有這麼一回事，車身應該會受到強烈衝擊。就算再怎麼發呆，想也知道一定會明明白白知道自己撞到人了。然而，我就是沒辦法不下車弄個清楚。結果，車身理所當然沒有任何凹陷或傷痕，回顧來路上也沒有人渾身是血地躺在路上。然而，恐懼一旦產生，就一直深深留在我心中。

從此以後，不管我做什麼事，都會受到一種恐懼侵襲，好像在告訴我說：「是不是無意間傷害了他人？」例如說，走在人擠人的車站樓梯時，會擔心自己是不是下意識地把人推了下去？工作的時候，會擔心自己是不是犯下什麼重大失誤，給大家添了麻煩？與人見面後，會下意識地擔心自己是不是說了什麼傷害對方的話？如果可以當場弄個清楚倒是還好，但如果懷抱的是一種「我是不是開車撞到人」這樣的不安，就得一直等到早上的新聞出來，我才有辦法放心入睡。感覺就好像是那場持續了半個月的頭痛，逼得我的腦袋出毛病。

我漸漸變得不想走出家門。我害怕傷害別人，因而和別人疏遠，漸漸變得孤伶一個人。我唯一能夠保持心情平靜的時刻，就是把自己關在家裡、完全不出家門的時候。

我知道這是叫做「加害恐懼」的強迫症症狀之一，純就知識上而言，我也知道強迫性障礙是一種不太有望能夠自然痊癒的疾病……然而要去精神科看診，我還是會強烈抗拒，多半是不想承認自己的心生了病吧。畢竟我從以前就自認是個意志力堅強的女人。

然而，我又不能對此置之不理。加害恐懼症一天比一天惡化，終於來到會讓日常生活過不下去的地步。這時我編造出一個故事：「我受慢性頭痛所苦，是頭痛造成我過度神經質。」以此做為去醫院的理由，並決定先在綜合診療科就診。如果在這個階段，醫生勸我去看精神科，我是打算乖乖聽話的。

然而檢查的結果卻揭曉了意外的事實。看來我的加害恐懼症，並不是純粹的精神疾病，很可能是大腦組織病變所產生的症狀。原來我的腦子裡有寄生蟲，就是這種蟲在腦中形成病灶。

我鬆一口氣。知道體內有寄生蟲而鬆一口氣的確很怪，但我想，我大概是喜歡這個簡單明瞭的原因。一想到只要沒有了寄生蟲，就可以擺脫那種沒有道理的恐懼，我的心就一口氣變得晴空萬里。

然而，接下來的情形愈來愈詭異——進入實際接受治療的階段後，我受到一種不明所以的不安侵襲。這種不安的性質和先前的加害妄想不同，是一種毫無根據、無端冒出的情緒。雖然我不知道為什麼，但心中就是突然產生一種預感，覺得要是繼續接受治療、驅除了寄生蟲，我一定會後悔。

我隨便找個理由逃出醫院，再也不曾回去看診。連我自己都覺得自己瘋了。但神奇的是，我不覺得自己做錯了。我想應該是因為，當時我滿腦子都只有自眼前恐怖逃脫的安心感。

可是之後再過一個月，疑問漸漸愈滾愈大。到頭來，那種不明所以的不安是怎麼一回事？為什麼我會忍不住做出挺身保護寄生蟲的事？我本來很樂天地認為，等心情整理好之後，意圖自然就會揭曉，但實際上謎團卻一天比一天深，好像當時的我一時間變得不是我……

這時，我忽然想起大約一年前左右在雜誌上看過的報導。那篇報導的內容是說，有某種寄生性原蟲會對人類的個性與行動產生影響。

我循著記憶找出那篇報導，一次又一次反覆細看，連相關報導和引用的文獻也都翻找出來讀過，最後得出以下的結論。

我的大腦，已經處在寄生蟲的控制之下。

旁人也許會嘲笑我，說這是離譜的妄想。實際上這的確是病患會有的想法，和思覺失調症（精神病）患者說自己受到電磁波攻擊、思考受到別人操縱的妄想沒有太大的差別。同時我也覺得，說不定只是我腦子已經被寄生蟲啃食得亂七八糟，根本沒辦法好好思考事情。然而，腦子裡有寄生蟲存在——只有這件事不是妄想，而是千真萬確的事實。所以，我覺得要懷疑自己的大腦，等知道這種寄生蟲是何方神聖之後也還不遲。

我從之前看過的論文中挑出最感興趣的一篇，查了執筆者是誰，結果發現這個人就在離老家不遠的大學醫院工作。這讓我無法不覺得是種冥冥中的安排。我便是在這樣的來龍去脈下找到甘露寺醫生。

寄件日：2011/06/11

標題：Re：前幾天非常對不起

我是甘露寺，已拜讀過您寄來的郵件。原來如此，您之所以突然提到論文是有著這樣的來龍去脈。謝謝您細心說明，我才得以明白大致的情形。

那麼，我就坦白說吧，我大吃了一驚。但為了讓您了解我的震驚，我多半也得講一段有點長的故事才行。

以下所說的種種，還請您務必保密。

那是半年前的事，兩名疑似感染寄生蟲的病患被轉到我這兒來。我們就稱男性為Y先生，女性為S女士。

Y先生與S女士是一對年紀相差二十歲以上的夫妻，而且年紀小的是丈夫Y先生，是頗為罕見的狀況。這對夫妻的感情非常好，儘管結婚已經半年以上，仍然散發出一種像是才剛開始交往的情人那般令人莞爾的氛圍。

兩人表示有慢性的頭痛，從頭部MRI影像來看，可以辨識出幾處囊胞性病變。由於他們罹患腦寄生蟲疾病的可能性很高，為了確認，我從他們兩人身上抽取了腦脊髓液檢驗，並從兩人的髓液之中都驗出體長一公釐左右的寄生蟲，而且不只一隻。

到這一步還沒有什麼問題。

但當我用顯微鏡一看，當場懷疑起自己的眼睛。從他們兩人的髓液當中採到的寄生蟲，外觀和我以前看過的任何一種寄生蟲都不一樣。蟲體呈淚滴型，前端部分有兩個吸盤。有一組看得出正在交配，兩隻蟲的蟲體結合成Y字形。從特徵來說多半是屬於吸蟲，但除此之外什麼都不清楚。在長達好幾天的調查後，我做出從他們兩人身上驗出的寄生蟲乃是新品種的結論。

因為寄生部位包含大腦，治療必須盡可能慎重。對於寄生在中樞神經群的蟲不能胡亂驅除。囊胞有可能已經鈣化而不需要治療，而且，身體對治療產生發炎反應結果對身體造成的傷害反比疾病本身更重大的情形也是有的。

可是，我們也沒有時間猶豫不決。根據Y先生與S女士的說法，從頭痛開始後過了一陣子，他們的心理狀態似乎也產生奇妙的變化。

兩人都說，他們對其他人的氣味敏感得不得了。以前並沒有這樣的情形，嚴格說來兩人都是嗅覺比較遲鈍的人，但隨著頭痛症狀漸漸減弱，他們對別人的體味開始感到嫌惡。而且，這種嫌惡不只針對汗臭味或香水味，連對完全正常、甚至稱不上是氣味的氣味都會覺得不快，所以，如今和別人交流這件事，已讓他們痛苦得不得了。

兩人極為不安地問我說，寄生蟲和這種症狀之間有沒有因果關係。站在我的立場，現階段也只能回答「不知道」。因為頭部外傷造成連接嗅覺受器與大腦的嗅覺神經纖維損傷，或是因為大腦退化性疾病造成嗅覺神經本身損傷，因而導致嗅覺消失的情況，都是常見案例。然而，像他們這樣嗅覺變得過度敏銳的情形，就不是那麼容易看到。要說是副鼻腔或口腔感染造成嗅覺異常，導致他們對不值一提的氣味也會覺得不舒服，這樣的案例倒也不是不存在……但考慮到兩人都產生同樣的症狀，推測是心因性的嗅覺過敏似乎比較妥當。同時我也並未忘記，在大腦退化性疾病的初期與惡化過程中，也會發生強迫性障礙的情形。

然而——坦白說，起初我對他們兩人的精神症狀本身並不是太在意。我一直認為兩人多半罹患二聯性精神病（註9），但應該以驅除寄生蟲為優先。我認為只要斬斷疾病的根源，精神症狀自然會趨緩。

然而，當我試圖著手治療，Y先生與S女士就再也不到醫院露臉了。我試著主動聯絡他們，但他們找了些工作太忙或身體不舒服之類一聽就覺得是敷衍的理由拒絕來門診，而且不只有一、兩次。看在我眼裡，覺得他們兩人好像是在保護寄生蟲。他們到底在想什麼，我完全沒有頭緒。照常理來說，要是聽到醫生說自己腦子裡有寄生蟲，應該會說什麼也要驅除才對。

而和泉小姐就在這個時候出現在我面前。您的症狀與他們兩位的症狀有幾個相似處：輕度頭痛、逃避人際關係、抗拒治療。我不抱期望地試著檢查，結果，果然在您身上驗出和Y先生與S女士的檢查結果同樣的數值。雖然不是驗出了蟲體，但研判您頭蓋骨內的寄生蟲，和他們兩位頭蓋骨內的寄生蟲是同一品種，這應該錯不了。我認為多半就是這種寄生蟲，引發上述的精神症狀。

當然，現階段還無法做出結論。畢竟這種寄生蟲的感染者只有三人，無法從中導出普遍的法則，也可以用一句「只是巧合」打發掉。然而在我看來，實在不覺得

註9：Folie à deux，意指「二人共享的瘋狂」，形容具有精神病症狀的人，將妄想的信念傳送給另一個人。同樣症狀有可能傳達給第三人甚至更多人。

這單純是命運的惡作劇。第六感告訴我，我現在正接觸到某種巨大祕密的一角。

寄件日：2011/06/11

標題：非常謝謝您！

我是和泉，非常謝謝您立刻回信。我本來以為十之八九會被當成腦袋有問題的人說的夢話，您聽過就算了，沒想到竟能承蒙您如此細心回答！我非常開心。

我也愈想愈覺得Y先生與S女士的精神症狀，與我的症狀之間有某種關連。只是我不曾直接見過他們兩位，所以我的直覺與其說是第六感，倒不如說是一種願望……

但既然甘露寺醫生這麼說，我想一定就是如此。我相信醫生的判斷。

六月十四日，我會去醫院拜訪。但願這次我可以不緊張，好好說話。

寄件日：2011/06/20

標題：關於第四位感染者

我是甘露寺。新品種寄生蟲的事有了進展，在此跟您報告。照慣例，本郵件的內容還請保密。

前幾天終於確定了第四名感染者，是一名叫H小姐的女性，在目前的感染者當中她是最年輕的一位。H小姐和先前的感染者一樣，是因慢性頭痛而來醫院就診，並對寄生蟲病的治療感到抗拒，逃避人際關係的傾向也很強。檢查後，同樣在她腦內發現囊胞性病變，而且進行鑑別診斷後，得出的結果顯示這就是那種新品種寄生蟲所造成的病變。另外H小姐的病例中，逃避人際關係的傾向是以視線恐懼症的形式體現。看來在症狀的顯現方式上，各個病患之間是有著個體差異。不管怎麼說，是寄生蟲造成精神症狀這一點，似乎已沒有懷疑的餘地。

令我無法理解的是，先前不曾通報過的新型寄生蟲疾病的病患，在這麼短的期間內就接連有四人來找我。據我所知，其他醫院還沒從病患身上發現同種寄生蟲的案例。另外，我診斷過的四名病患都沒有前往海外的紀錄，居住地也分散得很廣，找不到明顯的共通點。因此，關於新品種寄生蟲是經由什麼途徑寄生到他們身上的問題，現階段我連線索都還掌握不到。又或許這種寄生蟲是最近才透過某種方式被人從海外帶進國內，現在正急速擴大感染範圍。

正好提到第四名感染者的出現，對於十四日診察時和泉小姐所提的問題，我想就在這裡先做個回覆。

從結論說起，情形正如和泉小姐所擔心的，我正用自己的身體進行新品種寄生蟲的人體實驗。只是這與其說是為了治療病患，還不如說是出自身為學者的求知好奇心。所以嚴格說來，H小姐應該是第五名感染者。

由於感染的時間還短，現階段並未出現明顯的症狀，但寄生蟲正在我體內順利繁殖。如果我的預測正確，相信遲早會發生與和泉小姐相同的精神症狀。另外，從Y先生與S女士的治療過程中，已得知要驅除這種寄生蟲，不需要進行頭部開刀手術。和既有的腦寄生蟲疾病一樣，併用阿苯達唑（Albendazole）與皮質類固醇就可以有效治療，所以基本上沒有惡化成重症的可能性，還請您放心。畢竟要是連醫生自己都病倒了，可就得不償失。

只是話說回來，為什麼當時和泉小姐會知道我感染了寄生蟲呢？您提問時，看似明顯確信我體內有寄生蟲。是不是我有什麼從外觀便看得出來的改變呢？如果不介意，可以請您告訴我理由嗎？

寄件日：2011/06/21
標題：Re：關於第四位感染者

我是和泉。知道不用擔心會惡化成重症，我總算放心了。只是話說回來，醫生真的好熱衷研究呢，我好佩服。不過還請您千萬要保重，不要逞強。

為什麼知道醫生體內有寄生蟲？坦白說，我也不明白為什麼。那天一看到醫生的瞬間，我就有這種感覺：「啊啊，醫生變得跟我一樣了。」

又或許是我在下意識中，讀出顯現在您表情與舉止中的細微變化，然後將從中感受到的不對勁翻譯成那樣一句話。但真正的答案我並不清楚，我想那就像是一種蟲的報訊吧。

說來唐突，有一件事想和醫生商量。自己這麼說實在很怪，但我要商量的事情相當沒常識，但願醫生不要太嚴肅看待，就當成是腦袋有問題的病患在說夢話，輕鬆看完就算了。

最近我一整天滿腦子都只想著醫生，早上醒來時、化妝前、梳頭髮時、工作到一半時，無時無刻不想。下次什麼時候見得到面、要穿什麼衣服見面、見面時要聊些什麼、要如何才能讓醫生更了解我……我老是想著這樣的事。

相信醫生多半也已經隱約感覺到，看來我喜歡上醫生了。當然，我有自覺這是所謂的正向移情（註10），也深深明白說出這樣的心意只會讓醫生為難。可是，無論堆起多少大道理，這種事情都沒辦法這麼容易劃分得清清楚楚。

說不定往後我會因此為醫生帶來莫大困擾，因此我得先鄭重道歉，非常對不起。然後，還請醫生不要放棄我。

寄件日：2011/06/24

標題：進度報告

我是甘露寺，想就感染寄生蟲後產生的精神狀態變化做個簡短的報告。

第一個變化是和病患見面這件事開始讓我痛苦。起初我還懷疑單純是工作疲乏，但過了一陣子，讓我痛苦的對象從「病患」擴大到了「他人」。這種症狀和四位病患的「逃避人際關係」吻合。Y先生與S女士的情形是「對別人的氣味感到不快」，和泉小姐的情形是「擔心自己會傷害他人而害怕」，H小姐的情形是「在意別人的視線」。雖然這種逃避傾向展現出來的症狀五花八門，但追根究柢，我想多半是一樣的。

我的結論是——說穿了就是被「蟲」寄生的人會變得討厭人類。我研判四位病患展現出來的症狀差異，只在於各自將「蟲」硬塞給各位的這種毫無來由、厭惡人

註10：移情是指患者的欲望轉移到心理分析師身上而得以實現的過程，「負向移情」的表現為病人憎恨、謾罵醫生，「正向移情」則是病人投擲到分析師身上的情感是積極、溫情、仰慕的，有利於治療。

類的情緒，歸屬到不同的方向上。

但話說回來，還不清楚從宿主身上剝奪社會性對「蟲」有什麼好處……例如，有一種條蟲會讓本來應該單獨行動、名叫豐年蝦的甲殼類動物採取團體行動，目的是透過這樣的影響，增加豐年蝦遭到條蟲的最終宿主大紅鸛捕食的可能性。若是如同這個例子般讓宿主與宿主接近，那我還能理解，但是「蟲」讓宿主孤立到底有什麼樣的意義？既然在人體內發現成蟲，也就表示人類是「蟲」的最終宿主。最終宿主的作用是散播蟲卵與幼蟲，但「蟲」讓人類孤立，這顯然不合理。也許這當中有我們無從想像的深刻目的。

關於第二個變化，大致上就如您所預測，我對於要從體內驅除「蟲」這件事有著不小的抗拒，但這個部分就略過不提吧。因為宿主對於會危害自己的寄生者產生感情的案例，並不特別稀奇。

問題在於第三個變化，這件事與和泉小姐在上次郵件中所寫的「夢話」有關。

老實說，和泉小姐的告白讓我非常高興。不，豈止是高興——雖然站在醫生的立場，這是千不該、萬不該的事——我想，我對您懷抱的感情，比您對我懷抱的感情更加強烈。儘管厭惡人類的症狀正一步步惡化，我對您懷抱的感情卻隨著日子一天天過去只增不減。

然而，不可以急著下結論。在彼此空歡喜一場之前，有一件事無論如何非得仔細評估不可。

將「蟲」放入體內時，我暗自下了一個決定。那就是，對於今後發生的一切心理變化都要以懷疑的眼光看待。一旦受到「蟲」的影響，就無法再靠自己分辨哪些是自己的意思、哪些不是自己的意思，既然如此，只能對一切都抱持懷疑。

因此，我對這種戀愛感情也抱持懷疑。而且，我不是單純胡亂懷疑，這種懷疑是有依據的。

在觀察Y先生與S女士的病情過程中，我見證一個耐人尋味的改變。隨著治療進行，「蟲」的影響力漸漸淡去，兩人厭惡人類的症狀也一步步得到改善，但我注意到他們對彼此的心意卻似乎相反，兩人漸行漸遠。從治療開始過了兩個月左右，我第一次見到他們時感覺到的那種新婚夫妻般的和睦氣氛，已經消失得無影無蹤。

起初我將這種情形解釋為，是因為原因不詳的疾病所帶來的不安已被除去，讓兩人處在一種像是「走下吊橋」的狀態。由於迫在眉睫的危機遠去，導致讓戀情燃燒的材料消失。然而，親身經歷過「蟲」的寄生後，如今我覺得他們兩位關係的改變當中，有某種深刻的意義。例如……他們之間的愛，其實是靠著「蟲」的存在來維持。

我想告訴和泉小姐的，說穿了就是這麼一回事——既然「蟲」可能對宿主的戀愛感情產生影響，我們就不該草率對自己的心意做出結論。

期待您做出冷靜的判斷。

寄件日：2011/06/25

標題：幾個疑問

所以醫生的意思是，不是我們在談戀愛，而是我們體內的「蟲」在談戀愛？像我這樣的外行人是難以理解……但是，我們就先假設「蟲」擁有讓宿主愛上宿主的能力，那麼，為何「蟲」非得具備這種能力不可？假設這就是「蟲」的繁殖策略，為什麼又非得特地讓感染者彼此談戀愛不可？

如果是讓感染者會對「蟲」未寄生的對象產生戀愛感情，以此增加寄生的機會，那還可以理解。可是，讓已經被「蟲」寄生的宿主相互吸引，這樣到底有什麼好處呢？

醫生是不是想要用不傷害我的方式來疏遠我，才說出這種煞有其事的謊言呢？我無法不這麼猜測。

寄件日：2011/06/28
標題：Re：幾個疑問

和泉小姐的疑問很有道理。我這幾天來，正是為了這個疑問想破頭。讓已寄生的宿主愛戀彼此，對於「蟲」的繁殖到底能發揮什麼樣的有利效果？

昨天我走在附近一條有著成排樹木的道路上時，對於這個問題的答案突然閃過腦海（我想事情時經常會到處閒晃、散步）。因為無論怎麼絞盡腦汁都想不出合理的解釋，我就想去散散心，邊看著路旁的染井吉野櫻花，邊針對這個問題漫無邊際地思索。

我還是孩童時有一個奇怪的朋友，他在國小的課業成績並不好，生物學的知識卻足以媲美高中生。有一天，我和這個朋友走在通學路上的櫻花樹下，他彷彿忽然想到什麼似地對我問：「你看過染井吉野櫻結果實的樣子嗎？」

我回答仔細想想還真是從沒看過，他就得意地說起那是為什麼。

「這是因為染井吉野櫻的自交不親和性——防止自體受精的遺傳性質——很強。拿人類來比喻，那是一種防止近親相姦的機制，但由於染井吉野這種櫻花，全都是透過接枝等人工的方式繁殖出來的複製體，因此，染井吉野櫻彼此交配就一定會導致近親交配。所以，即使會和其他品種的櫻花交配而生下混種，染井吉野櫻之間卻不會生下後代。而且染井吉野不太會和其他品種的櫻花一起栽種，也就幾乎沒有機會結果實……」

當我回想到這裡，忽然一驚。

如果「蟲」也和染井吉野櫻一樣呢？

如果「蟲」也具備了透過血緣認知，避免擁有同一或類似基因的個體相互交配的機制呢？

我繼續往下思考。如果這種辨識機制，舉例來說是會「禁止同一宿主體內成熟個體間的交配繁殖行為」呢？「蟲」為了和在不同宿主體內的成熟個體交配，就會需要在宿主間往來（畢竟不能像蟲媒授粉植物那樣，讓傳粉者只搬運花粉），而要達成這個目的，讓宿主與宿主談戀愛不就是極為恰當的策略？

即使說得再好聽，我這個想法也非常脫序，根據很薄弱，邏輯也很跳躍，像是讀了太多科幻小說的人會有的妄想。我想把這個不切實際的想法一笑置之。的確，不限於植物或菌類，在某些動物身上也可觀察到自交不孕現象，像玻璃海鞘（Ciona intestinalis）就是如此。然而，即使是為了確保遺傳上的多樣性，照理說實在不可能會有生物採取這麼複雜又迂迴的繁殖方式——

想到這裡，我忽然停下腳步。因為我注意到，明明有著可進行單性生殖的身體，卻採取「複雜又迂迴的繁殖方式」的生物，確實是存在的……沒錯，就是以前在與和泉小姐的談話中提過的寄生蟲——真雙身蟲。

這種現象不限於真雙身蟲，例如有一種肺吸蟲，明明雌雄同體、可以進行單性生殖，但若非兩隻相接就無法發育為成蟲。仔細想想會發現這種乍看之下複雜得不合理的繁殖方式，在寄生蟲界是相當常見的。

我再度針對這個想法深入評估。假設有會讓感染者與感染者陷入情網的寄生蟲存在，感染者要如何讓其他感染者認知到這一點呢？相信一定會發出某種信號吧。雖然不知道這種信號是什麼樣的性質、有多強的強度，但總之我推測也許就是這種信號，創造出讓感染者接連往我這裡聚集的神奇狀況。多半是「蟲」的感染者在下意識中相互吸引。

若這麼假設，也就能解釋讓宿主厭惡人類這種乍看之下不合理的策略。例如說，對了……假設「蟲」控制人類行動的本質，不是要讓宿主孤立，而是讓宿主彼此團結呢？如果某個群體內的成員全都感染了「蟲」，可以預測這個群體的排他性與凝聚力都會大為提高。像這樣團結合作的感染者群體，生存能力會比非感染者群體要高，群體中各個成員的生存率應該也會比較高。這對於以人體為最終居所的「蟲」而言，應該是求之不得的情況。

寄生者影響宿主的社會性，這種現象過去已一再有人指出。道金斯（註11）就指出，白蟻高度發達的社會結構，是牠們腸內微生物操作的結果。白蟻會用嘴互相傳遞食物，藉此讓微生物遍及整個蟻群，而科學家認為這種行動，是微生物為了繁殖而操控白蟻的結果。再舉個更激進的例子，甚至有學說認為熱帶草原猴與日本猿猴的社會性，甚至人類的社會性，都是由反轉錄病毒（註12）帶來的。既然病毒和細菌都有可能辦到，那麼，「蟲」會影響人類的社會性也沒什麼好不可思議。

我心中沒有一絲一毫想疏遠和泉小姐的心意，反而是因為想要抱持確信去愛妳，才會努力想去除所有的不安因子。

現在回想起來，我這輩子將近五十年的歲月，始終活得孤獨。無論面對誰都不曾心動，愈是和他人往來愈覺得空虛，過了四十歲之後就陷入一種無感的狀態，懷著行屍走肉般的心境過日子。可是，認識和泉小姐讓我找回許久不曾嘗到的心靈悸動。與和泉小姐見面、說話時，我就像才剛嘗到戀愛滋味的少年一樣，感受到一股甜蜜的酥麻。也正因為這樣，我才會擔憂。如果這份感情是「蟲」帶來的，那真是再也沒有比這更瞧不起人類的事情。

註11：克林頓．李查．道金斯，英國演化生物學家、動物行為學家和科普作家。

註12：核糖核酸病毒的一種，它們的遺傳資訊不是存錄在DNA，而是存錄在RNA，此類病毒多半具有反轉錄酶。

寄件日：2011/06/30
標題：（無標題）

醫生這麼說讓我很開心。
非常非常開心。
開心得死了也無所謂。
但如果醫生的假設正確，一旦「蟲」消失，這種心意也會跟著消逝吧。
總覺得，這樣令人非常悲傷。
七月初時，我會去醫院一趟。
到時候見。

*

兩人之間的通信到此結束。高坂的視線仍然落在文件上，沉默了好一會兒。
他重新比對報導的日期與郵件的日期。六月三十日後不再有郵件往返，七月二十日兩人一起殉情。這二十天之間，他們兩人發生了什麼事，真的只有天曉得。他們不讓任何人知道最關鍵的部分，把祕密帶去另一個世界了。

瓜實之所以讓他看這些信的意圖，應該也不必特意再問。甘露寺與和泉受「蟲」的影響而墜入情網，之後神祕殉情——既然如此，和他們一樣是在「蟲」的影響下墜入情網的高坂與佐薙，也很有可能重蹈覆轍。

說穿了就是這麼一回事吧。

高坂把剪報和文件交還給瓜實問道：

「這裡面提到的H小姐，就是佐薙吧？」（註13）

「對，就是這樣。」瓜實點頭。

高坂思索了幾秒鐘之後問說：

「佐薙在感染『蟲』之前，個性和現在不一樣嗎？」

「這個問題很難回答。」瓜實歪了歪嘴，搔了搔後腦杓。「從某個角度來看，你說得沒錯，可是……畢竟情形太複雜，沒辦法斷定。」

註13：「聖」的讀音為「Hijiri」，為H開頭。

「這話怎麼說？」

瓜實微微挪動身體望向窗外，椅子隨著他身體的轉動而咿軋作響。窗外景色的上半部被從屋頂垂下的長冰柱遮住。

「包括這個部分在內，我就依序說明給你聽吧。告訴你這一年裡，聖身上發生了什麼事，『蟲』又是如何將她的人生破壞殆盡。」

瓜實雙手放到膝蓋上，端正坐姿。

瓜實說，事情是從一對夫妻的自殺開始。

「這對夫妻的感情良好，經濟狀況與困頓無緣，丈夫事業順遂，妻子滿意於專職家庭主婦的立場，順利地養育獨生女，是個典型的理想幸福家庭。照理說，應該沒有任何一個理由，會讓他們非得結束自己的性命不可。

但兩人的死是自殺，這點沒有懷疑的餘地。據說他們手牽著手從山間的吊橋往下跳，正好經過的行人目擊了那一刻……從現在算起，那是大概一年前的事。

他們的女兒被獨自留在世上，那就是聖。當時她才剛滿十六歲，沒有其他親戚可以投靠，所以就由外祖父——也就是我來收養她。

聖被我接到家裡來之後好一陣子，幾乎一句話也不說。看來不太像是拒絕說話，比較像是忘了怎麼和人說話。她原本是一名個性開朗、有很多朋友的女孩，那時卻像變了個人似地沉默寡言，在學校似乎也只會說幾句非說不可的話。當時我心想，多半是父母的死帶給她太大的衝擊。她過世的母親──即使長年斷了聯絡──是我的女兒，而我的妻子也是在兩年前過世，所以我能深切明白聖的悲傷。

然而，事實和我的想像不一樣，她並非只是悲傷得無法自拔。

她是一直獨自在思索。

有一次，聖毫無預兆地說：

『我想，爸爸和媽媽大概不是自殺。』

我問她這話怎麼說？結果，聖像洪水沖垮堤防似地開始述說。她說雙親從自殺的半年前就怪怪的，他們變得異常害怕別人，會說一些莫名其妙的被害妄想，例如『附近的人在監視我們』、『隨時都有人跟蹤我們』等等。

『我本來一直覺得不可思議，不懂為什麼會突然那樣，現在總算明白了。』她對我說：『他們兩個生病了。然後，看來我似乎也罹患這種病。』

聖所說的話，我連一半都聽不懂。可是沒過多久，她開始頻繁缺席高中的課，對我也擺出見外的態度，我才總算明白她說的『生病』是什麼意思。

我的直覺告訴我，她正要走上和她雙親一樣的路。顯而易見，要是放著不管，就會變成無可挽回的情形。看樣子實在不是悠哉等她自然痊癒的時候。

我帶著聖看遍了身心內科與精神科醫師，但沒有什麼收穫，只揭曉了她害怕別人的視線這件事，但症狀始終沒有改善的跡象。

突破現狀的契機，是一位臨床心理師的一句話。這位年輕的女性臨床心理師在對我報告治療進度時，告訴我說：

『對了，有一次聖小姐在平凡無奇的對話中說了「我的腦子裡有蟲」。她似乎不期待我會有什麼反應，但這個說法讓我相當好奇。我心想這有可能成為解讀她的心所需的線索，於是想請她詳細說明這句話的意思，但她說這是玩笑話，扯開了話題，此後再也不曾提到蟲的事。』

之後，臨床心理師針對『腦子裡有蟲』這句話做了一番常見的心理學解釋。她說的確有少數這樣的案例，由於強烈的壓力與解離性障礙等原因，造成這種寄生蟲妄想。

但我對『腦子裡有蟲』這個說法硬是覺得事有蹊蹺，不管睡著還是醒著，這句話始終離不開我的腦子。我怎麼想都覺得，那孩子無意間說溜嘴的一句話，就是有某種特殊含意。這與其說是身為醫生的直覺，還不如說是和她血脈相連的外祖父會有的直覺。

仔細想想，最近她似乎正為慢性頭痛所苦，沒有一刻離得開止痛藥。我本來以為這是年輕女生常有的情形，全未放在心上，然而一旦開始懷疑，就再也無法不去查證原因。

我試著單刀直入地找她本人問清楚，但聖堅稱自己沒說過這種話，對話無法繼續下去，於是我胡亂編了個理由，抽取她的血液送去檢驗。

看到血液的檢驗結果，我倒抽一口氣，因為報告裡酸性球增多與IgE值上升等等，都是過敏反應與感染寄生蟲時特有的結果。當然，只靠這個無法斷定『腦子裡有蟲』是事實，但不管怎麼說，她體內有異狀是千真萬確的。

於是，我請朋友幫忙介紹了專攻寄生蟲學的醫學部教授。這位教授便是甘露寺寬——也就是這一連串事件的核心人物。

他的年紀大概是四字頭後半，有著一副不好親近的學者面孔，但身材高挑、五官深邃，是一位很上相的男性。聽說他在這一帶很有名，為了研究甚至不惜讓自己感染寄生蟲，是一位以熱心研究聞名的寄生蟲學者。

我對甘露寺教授說了女兒與女婿的離奇死亡、外孫女的異變、慢性頭痛、『腦子裡有蟲』還有驗血的結果。我本來有所覺悟，自己會遭他一笑置之，但甘露寺教授對這件事表現出非比尋常的興趣，尤其對於『腦子裡有蟲』和『視線恐懼症』這幾個字更是顯現強烈的反應。

後來聖去接受了幾項專科檢查。隔週，我想帶聖去聽檢查結果，但她拿頭痛當藉口拒絕跟我去醫院。雖然一眼就看得出是裝病，但既然她抗拒，我也不忍心硬要她去，於是獨自前往甘露寺教授所在的醫院。

我就是在那裡得知了令人震驚的事實。

『首先請看這邊。』

說著，甘露寺教授給我看聖的頭部MRI畫面，畫面中看得出有複數的環狀造影效果，而且他還拿了血清診斷的結果給我看。我還沒查看這些數值，甘露寺教授就若無其事地宣告：

『從結論說起，您的外孫女腦子裡有寄生蟲。』

我呼出一大口氣，然後慢慢點頭。也不知道為什麼，我能夠冷靜接受這個事實，冷靜得連我自己都覺得不可思議。

甘露寺教授說下去：『可是，從某個角度來看，您的外孫女非常幸運。當然，感染寄生蟲這件事本身肯定是運氣不好……但第一個診察您外孫女的人是我，這只能用僥倖來形容。』

接著他對我說明，他負責了好幾名和聖有同樣症狀的病患，並跟我說這些人腦子裡的是新品種的寄生蟲，而『蟲』也許能夠操控宿主的精神，但用既有的治療法就能消滅寄生蟲。

過了幾天，我帶著聖一起再去了一趟醫院，並決定讓聖接受甘露寺教授的治療。我們就是這麼和甘露寺教授扯上關係——接著不到一個月，我們就聽到他過世的消息。

甘露寺教授的自殺，在新聞上有著大篇幅的報導。光是醫學部教授在大學內自殺就已是相當大的事件，何況他並非單純自殺，而是和負責的病患殉情，自然鬧得沸沸揚揚。到處都聽得到有人竊竊私語地談論各式各樣的猜測。

我把甘露寺教授死亡的新聞報導拿給聖看，因為我覺得隱瞞也不是辦法。聖將報導看完後，以冷靜的態度自言自語地說：『總覺得跟爸爸媽媽好像。』這和我的感想一模一樣。

『我想，那位醫生多半是拿自己的身體來做寄生蟲的實驗吧。』聖面不改色地說。『虧他人那麼好。』

『妳也認為那種寄生蟲就是他自殺的原因？』

我一問，她就理所當然似地點頭。

『報上所說和他殉情的病患，多半是寄生蟲感染者的其中之一吧？就是在我之前找上甘露寺醫生的那個女性。』

我思索一會兒後才對聖問道：

『我單刀直入地問吧，妳現在有沒有任何一點想尋死的心情？』

『要說一點都沒有，那就是騙人的。』聖縮了縮肩膀。『可是，這是從很久以前就有的念頭，不是現在才有，還算是能用「個性陰沉」來解釋的範圍。』

聽她這麼說，我暗自鬆一口氣。

『假設這種寄生蟲是會促使感染者自殺的危險生物。』她戳著太陽穴這麼說。

『症狀應該也會有個體差異吧？不然，最先找上甘露寺醫生的那對夫妻，應該早就自殺了。』

『妳不怕嗎？』

看到外孫女以駭人的冷靜態度分析狀況，我無法不這麼問。

『當然害怕。可是這樣一來，至少弄清楚一件事：爸爸和媽媽不是丟下我自殺，只是被寄生蟲給害死了。』

說完，聖輕輕露出微笑。

諷刺的是，這是她被接到我家以來第一次露出笑容。

那一天晚上，我注意到甘露寺教授在自殺前不久寄了郵件給我。

我想甘露寺教授多半是到了最後一刻，仍然掛心自己丟下三名病患、自我了結生命這件事，所以才會把這些託付給既是同行又是病患親屬，而且對『蟲』的相關情形很清楚的我。他之所以直接把兩人的郵件轉寄給我，應該是因為已經沒有時間寫具體的留言。

我一次又一次地反覆看著他們往返的郵件，但到頭來，對於『蟲』逼死宿主的機制還是毫無頭緒。唯一弄清楚的事，就是連甘露寺教授這麼理智的人也抵抗不了『蟲』的影響。

我接手了長谷川祐二與長谷川聰子——也就是郵件中的『Y先生』與『S女士』——的治療。雖然我並非專攻寄生蟲疾病，但根據郵件中記載的治療方式，繼續進行長谷川夫妻與聖的驅蟲治療。

考慮到先前過世的四個人，全都是感染者與感染者構成的情侶，我判斷長谷川夫婦最好先暫時保持距離生活。他們非常乾脆地接受了我的提議，甚至顯得因為得到了可以分開生活的正當理由而鬆一口氣。就和甘露寺教授郵件中所寫的一樣，看來他們兩人的關係，已經瓦解到無法修復的程度。

長谷川夫妻順利康復，相對的，聖的症狀則始終沒有好轉的跡象。明明吃的是同一種驅蟲藥，效果的差異卻很顯著。長谷川夫妻的『厭人』症狀漸漸消退，聖的『厭人』症狀卻不僅毫未消退，甚至更加惡化

這也難怪，因為聖實際上並未服用驅蟲藥。

某天，我湊巧撞見聖沒吃藥，直接把藥丟進垃圾桶裡的舉動。聖和我四目相交後也不辯解，聳了聳肩膀像在說：『你想罵我就儘管罵吧。』

唯有這時我責備了聖。當我問她說，知不知道自己在做什麼，聖就以厭煩的表情嘆一口氣，低聲喃喃說道：

『不治好也沒關係啦。如果這樣就會死，那也無所謂。我想趕快跟這種世界說再見。』

這是因為妳體內有『蟲』，純粹是『蟲』為了保護自己而讓妳這麼想——不管我再怎麼說都沒有用，沒過多久，她把頭髮染成亮色、穿了耳洞，也不去上學，成天到處找舊哲學書還有寄生蟲相關的文獻閱讀。

看樣子要驅除聖體內的『蟲』，首先必須培養她『想治好』的意念。然而，我完全不知道要如何才能讓她對驅蟲一事變得積極。

和泉老弟就是在這時出現的。這個人某天沒有預約就突然找上門來，而他的姓氏我並不陌生。這也難怪，因為他就是和甘露寺教授殉情的女性和泉小姐的父親。他似乎也收到甘露寺教授的郵件，明白『蟲』的存在。

他進過自衛隊，現在在大規模的保全公司上班，但我對他的第一印象卻不覺得是自衛隊隊員或保全，說是研究者或技術人員還比較貼切。他的說話方式就是這麼邏輯分明。而且，和泉老弟不僅不恨那個和女性病患殉情的不肖醫生，反而稱讚甘露寺教授是為了治好他女兒而喪命的勇敢醫生。

他能夠這麼冷靜，讓我感到滿心不可思議。如果和甘露寺教授殉情的不是他女兒而是我的外孫女，我能夠像他這麼想嗎？不，我想多半是不可能的。

但他繼續深入這件事，懇求說：『拜託您，請務必讓我幫忙。』我從他的眼神中看見一種異樣的光芒。於是我猜想，這個姓和泉的人大概是想為女兒的死賦予某種意義。女兒的死成了推動他的契機，因此讓其他病患得救——他想要的大概是這樣的故事吧，可能也是這樣的故事勉強支撐住現在的他。

我深深同情他，並且仔細評估他的提議。接著，我想到有一件工作應該交給他來處理。

當我說出聖對於治療很消極、生存意志微弱，他立刻抓住這件事不放。

『包在我身上。』他拍著胸脯保證。『我一定會讓您的外孫女敞開心房。』

於是，和泉老弟開始為了找回聖的生存意志而奔走。沒過多久，他就找上你。這完全是碰巧。和泉老弟要找的，只是有望和聖建立親密關係的人物，作夢也沒想到竟然會找到另一個『蟲』的感染者。

不管怎麼說，就結果而言，聖和你相互吸引，漸漸打開本來幾乎緊閉的心房。

我若不是因為同情而接受和泉老弟的提議，相信聖到現在還是獨自扛著內心的黑暗。俗話說『同情不是只造福他人』，大概就是指這種情形吧。」

＊

話就說到這裡。瓜實按著喉嚨，輕聲清了清嗓子，多半是說累了。

高坂試著在腦中整理先前看過的往返郵件以及瓜實所說的話。關於潛伏在自己體內——以及佐薙體內——的「蟲」，已經揭曉的事實可以概略分為以下三點：

一，「蟲」會讓宿主孤立。

二，「蟲」會讓宿主相互吸引。

三，滿足某些條件後，「蟲」的宿主會自殺。

「也就是說，」高坂開口。「我被叫到這裡來，是為了趁我和佐薙還沒走上和甘露寺教授他們一樣的道路之前，就先殺死『蟲』嗎？」

「就是這麼回事。」

「這也就表示，」高坂思索一會兒後問：「我和佐薙以後會被分開吧？」

「就是這樣。雖然促使你們相識的不是別人，正是我們，但如今情形已經和當初不一樣。和泉老弟之所以挑選你當聖的朋友，是希望你可以成為讓她敞開心房、找回生存意志的契機，而他這個預測也的確是正確的……可是，既然這是『蟲』的所作所為，那就是另外一回事。說來抱歉，但我們不能再讓你跟聖在一起，因為有可能發生什麼萬一。」

高坂試著想像瓜實所說的「萬一」，結果，自己和佐薙殉情這種臨時拼湊出來的想像，意外驚人地深得他的心。高坂事不關己地心想，原來如此，即使現在他們做出那種事也不奇怪。要是佐薙提議，高坂多半拒絕不了；要是高坂提議，相信佐薙也拒絕不了。理由只要一句「因為活得太辛苦」就夠了。

雖然至今都未想過，但自己萌生這種念頭，或許本來就只是時間的問題。說不定到了明天，高坂就會想到殉情這個主意，然後對佐薙提議。一想到這裡，他不由得心驚膽跳。

高坂雙手抱胸地默默思索，瓜實對他說：

「我不會要你立刻給予答覆。突然被告知這麼離譜的事，你的心情應該也還沒辦法整理好吧？」

高坂點點頭。

「五天後我會再派人去接你，請你在那天之前決定要不要接受治療。治療本身很簡單，不需要特別準備什麼，只要你答應，現在立刻開始也行。」

高坂想起甘露寺教授的郵件中曾寫到，治療不需要進行頭部開刀手術，只靠藥物治療即可。

「當然，站在我的立場是希望你能擺脫『蟲』的誘惑答應治療。可是，我不會勉強你。除非是我的親屬，否則我不會強行治療不想治癒的病患。」

五天後——高坂在心裡複誦，他必須在這段期間內做出決定。

「還有為防萬一，我先跟你說清楚。」瓜實說道。「如果你拒絕接受治療，就再也見不到聖。雖然我們還不知道她會不會接受治療，但不管怎麼說，讓曾經一度因為『蟲』而相互吸引的感染者在一起，實在太危險。」

「好。」高坂說。「還有，如果我不接受治療，潔癖跟『厭人』症狀也都不會改善吧。」

「沒錯。而且，即使你接受治療，在確定『蟲』從你們兩人體內完全消失之前，我們還是不能讓你接近聖。這你應該可以了解吧？」

「……可以。」

接著，瓜實忽然想起什麼似地打開書桌抽屜，拿出一張照片交給高坂。照片上拍到的東西，有點像是用來進行羅夏克墨漬測驗（註14）的墨漬。高坂從之前的談話中猜到這個不明所以的物體是什麼。

「是『蟲』的照片嗎？」

瓜實點點頭。「像這樣讓你看到照片，應該會比較有切身的感受吧？上面拍到的是兩隻『蟲』結合的模樣。甘露寺教授的郵件上也提過，這種寄生蟲有一種特徵，當牠們在人類體內遇到其他個體，會將各自的雄性生殖器官與雌性生殖器官與對方的器官結合，形成Y字形。」

高坂重新看了看照片。染成淡紅色的「蟲」，模樣與其說是Y字形，更像是幼小的孩童畫出來的愛心符號。

當高坂回到候診室，並肩坐在裡側沙發上的和泉與佐薙便抬起頭來。高坂對佐薙笑了笑，但她撇開目光低下頭。

「看來你們談完了。我送你回家吧。」

和泉說道。

「那我走啦，小聖。」

和泉朝佐薙這麼說，看來佐薙要留在這裡。想來這裡應該是兼作醫院的住宅，她就是住在這間診所吧。

高坂心想，分開前要說些能讓她放心的話，於是來到佐薙身前停下腳步，但他不知道該跟她說些什麼才好。

不，其實他知道。只要說些「我對妳的心意不會只因為聽人講了那些話就改變，所以妳不要擔心」這樣的話就好，很簡單。

然而，高坂就是說不出口。如今他對自己的心意，已無法像以前那麼確信。

高坂心想，仔細回想起來，便覺得整件事從一開始就全都很不自然。為什麼佐薙會被像他這樣沒用的男人吸引？為什麼他會被佐薙這種難以親近的女生吸引？為什麼兩人在一起時，彼此的強迫症症狀就會趨緩？為什麼年紀相差將近一輪的兩人間會萌生戀情？難以理解的點實在太多。

註14：一種利用墨跡圖片來測出一個人的個性特質的心理測驗。

然而，若說這一切都是「蟲」帶來的錯覺就說得通。並不是高坂和佐薙相愛，只不過是高坂體內的「蟲」與佐薙體內的「蟲」相愛罷了。

彷彿遇到巧妙的詐騙。就像受到幾小時前還感受到的欣喜消退的反作用力影響，高坂的心情急速冷卻下來。

到頭來，高坂對佐薙一句話也沒說就離開診所。回程的車上，高坂一直失了魂似地看著窗外，等車子開到公寓附近才對和泉開口。

「請問，我有個跟『蟲』有關的問題忘了問……」

「什麼問題？」和泉回答時仍看著前方。「只要在我能回答的範圍內，我都會告訴你。」

「『蟲』的傳染途徑已經查出來了嗎？」

和泉搖頭。「還不知道，但瓜實先生認為多半是經口感染，大概是吃到有『蟲』附在上面的食物吧。你有想到自己是在哪裡感染的嗎？」

「沒有，很遺憾。」

「我想也是……還有別的問題嗎？」

「『蟲』會人傳人嗎？」

「會。」和泉答得很快，似乎早已料到他會問這個問題。「雖然『蟲』的成蟲會寄生在人類的中樞神經，但蟲卵和幼蟲會乘著血流在全身移動……不過，只是一起生活並不會傳染，不然『蟲』就不會特地做出讓宿主談戀愛這種麻煩的事。你懂我的意思吧？」

「我懂。」高坂說。「說穿了，和性病差不多吧？」

和泉揚起嘴角笑了。「說得直接明白一點，就是這麼回事。所以，你身上的『蟲』不是從佐薙聖身上傳染過去，而是從很久以前就潛伏在你身上。」

「我明白。我也不是懷疑佐薙，只是有點好奇而已。」

聽了和泉的回答，謎題總算解開。十二月二十日那一天，佐薙曾想要親吻睡著的高坂，但她在最後關頭打消念頭，還說：「我差一點就要做出無法挽回的事。」

佐薙那個時候多半是企圖把「蟲」傳染給高坂。當時，還沒有一個人察覺高坂是「蟲」的宿主，而佐薙已經知道「蟲」的宿主會被堅定的愛結合在一起。

佐薙是有所圖謀的，想透過將「蟲」傳染給高坂的方式，讓兩人的關係變得完整無缺。但她在即將付諸實行之際恢復了理智，察覺到自己正要讓高坂冒上生命危險。她沒有臉見他，所以逃走了。

相信這才是真相。

和泉在公寓前放高坂下車後說道：

「五天後的下午我會來接你，你可要在那之前做好心理準備。」

「我想大概不用花那麼多時間。」

「不用想得太困難，這是任何人都會遇到的事。酒精、孤獨，加上光線太暗蒙蔽了雙眼，讓人錯以為是命中註定的愛，結果隔天早上兩人酒醒後，才發現自己犯下錯誤。說穿了，發生在你身上的事就跟這種情形一樣。」

和泉說完就離開了。

高坂並未立刻進入公寓，而是在入口前停下腳步，茫然看著四周成排的住宅與公寓窗戶洩出的光。一想到每扇窗戶內，各有人在經營著完全不一樣的生活，就覺得十分奇妙。他已經很久沒有像這樣意識到其他人的人生。

接著高坂突然想到母親的死。

說不定，那時候感染「蟲」的不只有他。

也許母親的自殺，起因在於「蟲」。

到自殺為止的一個月，母親就像變了個人似地對他很好，滿懷愛情與他相處。這件事他之前一直覺得不對勁。他所知道的母親，是個即使天翻地覆也不會承認自己有錯的人。

然而，如果這同樣是「蟲」造成的，那就說得通了。對於被「蟲」影響而變得厭惡人類的母親而言，能夠敞開心胸的對象只有同樣是「蟲」寄生者的高坂。是母親體內的「蟲」和他體內的「蟲」在呼喚彼此。

心情不可思議地變得晴空萬里。高坂心想，這樣一來，他總算可以了無罣礙地怨恨母親。她直到人生的最後一刻，都不曾以自己的意志愛過高坂，這個事實化解了他心中的疙瘩。

# 第7章　瘖蟲

頭兩天，高坂就像平常那樣過日子。所謂像「平常」那樣，是指認識佐薙以前的「平常」：躺在床上看書，看膩了就打打電腦，肚子餓了只吃點最低限度不能不吃的食物。與其急忙想破頭，還不如先找回能鎮定想事情的精神狀態才是首要之務。他覺得要達到這一點，最好的方法是放空腦袋悠哉度日。

照常理推想，沒有理由不接受治療，他可不想不明就裡地在「蟲」的操縱下自殺。而且最重要的是，透過驅除「蟲」，也許可以治好長年困擾他的潔癖。

但抗拒也是有的，那是任誰面臨巨大的改變時都會經歷的一種原始的恐懼。他過去的人生是以潔癖與孤獨為中心而成立，無論是好是壞，他都已經習慣這樣的人生。去除這兩根支柱，也就表示他非得將這樣的人生重新組裝起來不可。換成是十幾歲時倒也罷了，但如今他的年紀已經來到二字頭後半，要想重新建立人生，現實上真的有可能嗎？

如果扣除這種疑慮，基本上他對於驅除「蟲」的治療採取積極的態度，理智上有九成、感情面也有六成已經接受。

第三天，和泉有了聯絡，郵件上寫著「我要讓你見一個人」。高坂去到他指定的咖啡廳，見到一位年輕男子。男子臉上還有幾分稚氣，看似剛從大學畢業，但這名男子正是甘露寺郵件中屢次登場的「蟲」的第一名感染者Y先生，也就是長谷川祐二本人。

高坂這時首次聽說了長谷川夫妻的戀情是如何開始。這對年紀相差二十歲以上的情人，是如何認識、如何相互吸引、如何結合，而他們的愛情又是如何淡去。

兩人戀情的開始，和高坂與佐薙的情形一模一樣。高坂聽得愈多，愈是震驚於雙方的共通點之多。兩名個性相反的人不期而遇，察覺到彼此的精神疾病成了導火線，讓他們漸漸相互吸引。厭惡人類的兩人，知道了這世界上唯一一個例外、唯一一個能夠信賴的人物。兩人跨越年紀的差距，結合在一起……

「但那只不過是患相思。」長谷川祐二望著遠方說。「自從開始服用瓜實先生開的驅蟲藥後，我對妻子的心意轉眼間愈來愈冷淡。到了現在，我已經想不起自己是被她的什麼地方吸引而下定決心結婚。這點她似乎也是一樣。離婚應該只是時間的問題。」

高坂從這當中看到自己的未來。兩人的關係隨著「蟲」消失而漸漸冷卻。不，也許說是漸漸回到原本的狀態才比較適切。因為這種感情只是靠著「蟲」暫時加溫罷了。

高坂心想，他和佐薙的戀愛終究也只不過是「患相思」吧。然後，他回想起第一次見到佐薙那一天的情形。那天，他在站前看到一位街頭表演者，這人操縱兩具傀儡演了一齣鬧劇。不知道這兩具傀儡，是否自覺到不是它們自己在談戀愛，而是被傀儡師指揮去談戀愛呢？這種事他無從得知。然而不管怎麼說，他們的戀愛就和那對傀儡的戀愛沒有兩樣。唯一的小小差異，只在於有沒有看得見的絲線。

等長谷川祐二說完，高坂的意志已十分堅定，他下定決心要接受治療，即使與佐薙的戀情因此結束也無所謂。何況在已經得知真相的現在，即使放著「蟲」不管、和佐薙繼續維持原本的關係，多半也無法用以前那種純粹的心意和她相處。從這種角度來看，早在聽完瓜實那番話的時候，兩人的關係就已經結束。

高坂對長谷川祐二道謝，走出了店門口。他回家把外套掛到衣架上時，注意到上面掛著佐薙給他的圍巾。

想乾脆把這條圍巾處理掉的念頭，一瞬間掠過他的腦海。要是留著這種東西，也許會遲遲無法斬斷對佐薙的眷戀。

然而，他立刻打消主意。不應該做出太極端的行動。無論是禁菸還是禁酒，硬逼自己討厭一樣東西，往往反而會讓那樣東西變得更有魅力。對於佐薙，他應該要花時間慢慢忘記，不用著急。

高坂把圍巾塞進衣櫃深處，接著走進浴室花一個小時沖澡，換上清潔的衣服後鑽進被窩。一閉上眼睛，這一個月裡發生的事紛紛浮現在眼底，又隨即消失。每一件都是無可取代的回憶。他對自己說，不要被騙了，這全都是「蟲」搞出來的，就像藥物成癮的戒斷症狀一樣。只要耐著性子忍耐，遲早會消失。

*

然後，第四天來了。

明天下午和泉會來接他，治療也會開始。到時候，他多半再也見不到佐薙。雖說只要兩人身上的「蟲」完全消失就會允許他們再見面，但到時候，兩人多半已經失去對彼此的關心，應該已各自踏上不同的人生道路。

高坂心想，最後還是再見佐薙一面吧。要是這麼不了了之地分開，她的存在多半會一直在他的記憶裡留下陰影。必須好好按部就班地分手。仔細想想，分手時的「別了」，就是意味「請你忘了我，我也會忘了你」。

非得跟她道別不可。

高坂拿起桌上的智慧型手機，正煩惱要打電話還是發郵件找她出來時，手上的智慧型手機就震動起來。

螢幕上顯示佐薙寄來的郵件，看樣子她和高坂在同一時間想著同一件事。

文章很簡潔：

『可以去你那邊嗎？』

高坂只輸入「可以啊」三個字回答。

結果幾秒鐘後，他房間的門鈴響了。高坂心想「不會吧」，打開門一看，佐薙就站在門外，多半是她寄出郵件的時候就已經來到門前。

她在學生制服上穿著深藍色的厚呢雙排釦短大衣，沒戴平常那副造型粗獷的耳機。當佐薙像這樣做平凡的打扮，看來就像個沒有任何問題的正常女生。她和高坂的視線一交會就反射性地撇開，但又慢慢將視線拉回他臉上，並微微低頭致意。這種溫順的態度不像她的作風。

只不過三天不見，卻覺得已經很久沒碰面。一看到佐薙的身影，高坂的決心立刻動搖了。無論看得多開，當她近在眼前時，他還是難以抗拒她的魅力。

他受到強烈的誘惑，想立刻緊緊抱住她，但他拚命抗拒。

高坂為了讓心情鎮定下來，便想像「蟲」在自己腦中猛烈釋放與戀愛感情有關的神經傳導物質與各種賀爾蒙的情形。當然，實際上的情況多半還要更複雜一點，但重要的不是浮現精確的想像，而是有「受到操縱」的自覺。

佐薙今天並未走向床上，也不脫大衣與鞋子，始終站在玄關，甚至沒有想進屋內的意思。也許她認為，自己已經沒有資格跨過這間房子的門檻。

高坂主動開口：「找我有什麼事嗎？」

「高坂先生要殺了『蟲』嗎？」佐薙以沙啞的嗓音問。

「我想，我大概會這麼做。」

她對這個回答既未顯得高興也未顯得難過，只是不帶感情地說聲：「是嗎？」

「佐薙不也要這麼做嗎？」

但佐薙沒有回答這個問題。

她說的是這麼一句話：

「最後，我有一樣東西想讓高坂先生看一看。」

說完，她就背對高坂走出玄關，意思應該是要他跟去吧。高坂趕緊抓起大衣與錢包追了上去。

他們轉搭好幾班電車前往目的地。即使他問佐薙要去哪裡，佐薙也只說「祕密」而不告訴他。從JR轉乘民營鐵路後，窗外的景色迅速變得愈來愈單調，列車淡淡駛過有著純白積雪的山間鐵軌，車站與車站的間隔漸漸變得愈來愈遠，車上乘客的數目則漸漸減少。

高坂看著窗外思索。佐薙說：「最後，我有一樣東西想讓高坂先生看一看。」他對於「想給你看的東西」究竟是什麼當然好奇，但更好奇的是「最後」是什麼意思？是指一旦開始治療，便暫時無法見面這種暫時性的「最後」？還是說她不打算接受治療，所以再也不會見到高坂，是永久性的「最後」……？

這時聽見車內廣播，告知下一站的站名。沒過多久，列車停下來，坐在身旁的佐薙站起身。兩人就在這一站下車，穿過無人車站來到外頭。

一望無際的山脈與田野占據整個視野，除此之外沒有任何值得看的東西。雖然看得到三間民宅，但每一間住宅都嚴重朽壞，令人懷疑有沒有人住。一切都被積雪遮住，連道路的中線都變得不清楚。天空布滿厚實的烏雲，地吹雪（註15）像霧氣一樣遮蔽視野，充滿一種和夜晚不同性質的黑暗。高坂心想，這風景簡直像是一張黑白照片。佐薙帶他來到這種像是世界盡頭的地方，是打算讓他看什麼東西？

呼嘯的寒風轉眼間把靠電車暖氣溫暖的身體吹得冰涼，直接被風吹到的臉和耳朵都熱辣辣地疼痛，氣溫肯定在冰點以下。高坂把大衣的前排鈕釦扣到脖子。他忽然想看看時間，拿出智慧型手機一看，此處收不到訊號。也就是說，這裡就是如此偏僻。

佐薙踩著毫不猶豫的腳步走向一間民宅。由於下雪導致距離感模糊，起初看不出來但其實這棟民宅頗有一段距離。移動的途中，佐薙好幾次回過頭，確定高坂有跟上來。但她又不和他並肩行走，等高坂快追上時，她便加快腳步，兩人大約保持三公尺的距離。

註15：強風吹起地面積雪的現象。

他們走了十分鐘左右總算抵達民宅，這是一棟無可質疑、徹頭徹尾的廢屋。兩層樓的木造住宅外牆上，雜亂地貼著各種褪色的選舉海報與琺瑯材質的招牌。玻璃窗破得淒涼，屋頂被雪的重量壓歪，眼看隨時會崩塌。

佐薙帶著高坂繞到廢屋後頭，那兒有個淺藍色的貨櫃。長約三點五公尺、寬約二點五公尺、高約兩公尺的這個貨櫃，似乎是被這棟房子的主人當成倉庫使用。儘管四處都生了紅鏽，但這個貨櫃和那幾間住宅不同，還充分保留倉庫的功能。

佐薙直線走向這個貨櫃，看來她所說想讓高坂看的「東西」就在這裡頭。

即使來到這裡，高坂還是完全無法想像到底是什麼東西，連個頭緒都沒有。這種窮鄉僻壤中孤伶伶一棟的廢墟倉庫裡，到底會有什麼東西？總不會是想讓他看耕耘機或發電機之類的東西吧？

佐薙默默走進貨櫃，高坂也跟了進去。貨櫃內上下左右都鋪有木板，但還是有生鏽的氣味。原以為裡頭會有各種破銅爛鐵散落一地，但貨櫃內幾乎全是空的，只有兩邊牆上設置了什麼都沒放的置物鋼架。

高坂覺得不解。這個空蕩蕩的貨櫃，就是佐薙所說想給他看的「東西」？

他想問問題而轉身，幾乎在同一時間，貨櫃的門關上。視野一瞬間被籠罩在黑暗中，緊接著聽到「喀嚓」一聲的不祥聲響。他跑去推門，但門被緊緊關上，一動也不動。

看來似乎被人從外面上了鎖。

高坂起初還以為是佐薙出去關上了門，但忽然間注意到身旁傳來小小的笑聲。佐薙和高坂一起被關在貨櫃中，也就表示外面還有另一個上鎖的人物，雖然他先前完全沒有察覺到有其他人在。

「好。」佐薙小聲清了清嗓子。「這樣一來，我們就沒辦法離開這裡。」

「這是……佐薙搞出來的花樣？」在黑暗中，高坂朝著他覺得佐薙所在的方向問道。「妳說有東西想讓我看，原來是騙我的？」

「對不起。可是你放心，我不是想強迫你在這裡跟我殉情。」佐薙像在嘲笑慌亂的高坂說。「我只是想跟高坂先生交涉。只要你答應我提的條件，我立刻從這裡放你出去。」

「條件？」

「很簡單。」

眼睛慢慢習慣了黑暗。從天花板附近的通風口射進的微弱光線，微微照亮了貨櫃內的空間。

佐薙提出她的條件。

「不要殺了『蟲』。答應我，你會拒絕治療。」

仔細想想，就覺得這種情形是可以輕易想像得到的。雖說以未遂作收，但佐薙已有過一次試圖將「蟲」傳染給高坂的前科。佐薙是個不僅不怨恨「蟲」，甚至反而想積極利用的少女。

「佐薙。」高坂慎重地對她開口。「妳為什麼對『蟲』這麼執著？瓜實先生不也說過嗎？要是就這樣放著『蟲』不管，也許會失去性命。」

佐薙搖搖頭。「並不是已確定會如此，或許只是巧合再巧合，而且像第一、二名感染者長谷川祐二先生他們就還活得好好的。」

「可是，至少可以確定『蟲』會讓宿主『厭惡人類』。照這樣下去，我們永遠沒有辦法適應這個世界。佐薙覺得這樣沒關係嗎？」

「沒關係。」佐薙回答得毫不猶豫。「因為我在被『蟲』寄生之前就已經『厭惡人類』了。雖然有過很多朋友，但內心一直覺得煩得要命。我沒有辦法喜歡任何人，偏偏卻對大家怎麼看待我在意得不得了。我想，我就是有著這樣的宿命，遲早會走上這條路。就算沒有『蟲』，最根本的問題還是不會解決。」

「也許是這樣。可是，光是解決表面的問題，生活應該會遠比現在輕鬆。」

「不會變的。」

高坂嘆一口氣。

「妳就那麼寶貝這些『蟲』？」

「對啊。因為我真的很喜歡和高坂先生一起度過的那段日子。」

佐薙率直的話語，大大動搖高坂的心意。

他反駁時有一半像是在說給自己聽。

「我也是啊。和佐薙共度的時光絕對是非常美好的，但那只不過是『蟲』帶來的錯覺。我們不是憑自己的意志相愛，只是我們體內的『蟲』在相愛。」

「所以呢？是錯覺又怎樣？」佐薙說話的聲音都變調了。「假象的戀愛有什麼不好？只要能幸福，我一點也不介意當傀儡。『蟲』辦到我辦不到的事，它教會我如何喜歡上一個人，我為什麼非得殺了這個恩人不可？我確實知道有操縱傀儡的絲線存在，但仍執意要把自己交給它。這不是自己的意志又是什麼？」

高坂不知道該怎麼回答，因為佐薙的反駁，準確說出他內心角落一直想不通的問題。若是傀儡自己肯定身為傀儡這回事，那可以稱之為出於自由意志的決定嗎？這種事誰也不明白。

腦科學中有這樣一項實驗。實驗者要求受試者：「隨意動動你的手指。」同時，實驗者對受試者左右腦半球之一的運動區施予電磁刺激，結果受試者就會動了動受電磁刺激的腦半球相反一邊的手指。他們沒有察覺到自己是受電磁刺激的操縱，認定是靠自己的意志決定要動哪一邊的手指。

這個實驗結果看似顯示出人類的自由意志是多麼不可靠，從某個角度來看，甚至部分證明了決定論（註16）的正確性。然而有位科學家指出，電磁刺激引發的並不是意圖本身，只是一種偏好或欲求，而受試者不就是把這些也考慮進去而做出了決定嗎？電磁刺激只是把選擇篩選過，最終的決定不是由當事人自己做出來的嗎？

同樣的情形在佐薙的選擇上也說得通，既可說是受「蟲」的影響所做的決定，也可說是自己做出「接受『蟲』的影響」這樣的決定。說穿了，她所說的就是這麼一回事。

陷入僵局了。接下來不管如何爭論，相信都分不出對錯。她多半一步也不會退讓，而高坂亦然。

他心想既然如此，再來也只能爭一口氣而已。這是在比耐力，看誰先受不了這種寒冷。

高坂再度環顧貨櫃內，牆上有幾個防止結露的通風口，從中透進的亮光讓貨櫃內不完全變得黑暗。他鬆了一口氣，眼前似乎暫時沒有窒息的危險。

高坂在原地坐下。地上鋪著木板，但仍冰冷得讓人錯以為是直接坐在冰上。生滿紅鏽的貨櫃對有潔癖的高坂而言，的確是個令他痛苦的空間，但暴風雪帶來的寒氣多少消除這種不快感。既然冷成這樣，相信黴菌的活動也會比較平緩。

佐薙似乎察覺到高坂的意圖，便不再多說廢話，只在他身旁坐下。

高坂研判應該花不了太久的時間。貨櫃內冷得和室外幾乎沒什麼差別，就像一個天然的冷凍庫，這場耐力賽肯定很快能分出勝負。而且一般而言，女性比男性更怕冷，相信先投降的會是她。

註16：哲學的一種命題，認為一切事物的發生，包括人類的認知、舉止、決定和行動，都是基於先前已發生的事而發生。

從外鎖上貨櫃的多半是和泉。除了他以外，高坂想不到還有哪個人會協助佐薙實行她的壞主意。既然是在佐薙身上看到過世女兒影子的和泉，相信他應該會優先保全佐薙的性命甚於尊重她的意志。即使佐薙胡搞瞎搞，把計畫從交涉轉變為強迫殉情，相信和泉也會出手阻止。

高坂樂觀地做出這樣的判斷，失算的是這天碰巧是破紀錄的嚴寒天氣。這樣的嚴寒加快兩人衰弱的速度，又因為道路結冰引發的車禍，讓通往兩人所在廢墟的唯一一條道路遭到封鎖，導致正好去加油的和泉回不來。

起初的幾小時，總之滿腦子都只有寒冷，揮之不去的寒氣與微微濡濕的地板一點一滴地奪走體溫。高坂好幾次搓揉手腳或是做些簡單的體操，想盡可能延緩身體變冷的速度。

但過了某個階段後，寒冷本身已不再是問題。寒冷漸漸變成某種不同於寒冷、比較像是疼痛的不快感。這是危險的徵兆。身體漸漸發麻，無法隨心所欲活動。心臟跳出奇妙的節奏，手腳漸漸冰冷得不像是自己的。

高坂長時間保持沉默。他一直認為在這種比耐力的較量中，先開口的一方比較不利，就像是坦白自己已經喪氣了。

他以為佐薙之所以不說話也是基於同樣的理由，相信頭幾個小時真是如此。她故作平靜，露出不在乎的表情。

他注意到佐薙的呼吸變得很淺，是在被關進貨櫃裡大約四小時後。

高坂不安地喚了她一聲。

「佐薙？」

她沒有回答。

「妳還好嗎？」

一碰她的肩膀，佐薙的手就以緩慢的動作拍掉他的手。

碰到她的手時，高坂感到不寒而慄。因為她的手冰冷得簡直不像是同為人類會有的手。

高坂用雙手握住佐薙的手溫暖她。只是他的手雖然不如佐薙冰冷，卻也是相當冰冷，這個舉動幾乎沒有意義。

「……佐薙，妳是不是差不多該死心了？」

「不要。」

佐薙以小得只能勉強聽見的音量回答。

高坂深深嘆一口氣。

「好，是我輸了。我不接受治療、不殺死『蟲』，所以我們趕快離開這裡吧。再這樣下去，事態會變得無可挽回。」

聞言，佐薙嘻嘻笑了幾聲。那是一種自暴自棄的笑。

「花費的時間意外地久呢，我沒想到高坂先生竟然會撐這麼久。」

「別說了，趕快出去吧。要怎樣才能打開這扇門？」

佐薙好一會兒不說話。

然後她說：

「……跟你說喔，按照當初的計畫，一個小時前和泉先生就應該要回到這裡，放我們出去。」

高坂眨了眨眼睛問：「怎麼回事？」

「應該是他出事了吧，說不定是被捲進車禍裡。沒有和泉先生在，貨櫃的門就打不開，真傷腦筋啊。」

「也就是說……搞不好我們會永遠沒辦法從這裡出去？」

佐薙不承認也不否認，意思是說這並非不可能。

高坂以手撐著膝蓋站起來，從另一頭的牆壁開始助跑並用力踹向門。他反覆了幾十次，但貨櫃的門文風不動。他精疲力盡地靠到牆上，癱軟地滑下來坐倒，懷著一線希望拿出來的智慧型手機依然收不到訊號。

這時，他聽到「咚」一聲悶響。一瞬間之後，他理解到這是佐薙倒在地上的聲音。高坂在黑暗中摸索，抱起佐薙橫躺在地上的身體，呼喊她的名字確認她還有沒有意識。

「佐薙！喂，佐薙！」

「不用擔心，我只是有點頭昏。」

相信她的意識已變得朦朧。佐薙的身體不會顫抖了，但這意味著事態更加惡化，因為身體放棄了製造熱能。要是就這麼睡著，免不了會死於失溫。

高坂把佐薙擁進懷裡，她在他耳邊輕聲說了句：「對不起喔。」她呼出的氣息裡還依稀感受得到溫暖。

這時忽然有東西掉到地上，發出「鏗」的一聲。這個物體反射著從通風口照進來的月光，發出黯淡的光芒。是煤油打火機。看來佐薙大衣的口袋裡放了用來抽菸的打火機。

高坂想過要燃燒一部分衣物來取暖，但牆壁與地板都是木材，而且不知道通風口能不能好好發揮原本的功能，在這種狀況下，不能貿然點起太大的火。高坂將點著的打火機立在地板正中央，橘色的火焰照亮貨櫃，在牆上照出佐薙與高坂大大的影子。這火焰雖小，但有沒有這把火卻是很大的差別。

之後高坂再度牢牢抱住佐薙。除了像這樣延緩體溫降低的速度等待和泉來開門以外，似乎別無他法。

佐薙就在高坂的臉旁邊，持續淺而不規則的呼吸。聽著她的氣息，高坂幾乎要忘記自己對她的好感已漸漸消退。他體內的「蟲」似乎正對宿主與宿主相擁的狀況歡喜。這種歡喜也傳達給高坂，讓他暫時忘卻寒冷。

高坂不得不承認失去這種幸福的確可惜，然而這正是「蟲」的策略。一旦現在輸給了誘惑，就正中「蟲」的下懷。現在正是要咬牙撐住的時候。

高坂獨自天人交戰，懷裡的佐薙輕聲說道：

「高坂先生。」

「怎麼了？」

「你剛才說的話，我可以相信嗎？你說不會殺死『蟲』是真的嗎？」

「不，那是騙妳的。」高坂老實回答。如今他已沒有理由欺騙她。「那只是為了把佐薙騙出去的權宜之計。」

「……果然，高坂先生是騙子。」

「不好意思。」

「道歉也沒用，我不原諒你。」

緊接著，先前像是斷線傀儡一樣虛脫的佐薙，突然全身充滿力氣。她抓住高坂的肩膀，把他按倒在地。這一下完全出其不意，高坂起初連發生什麼事都不清楚。

高坂尚未理解事態，佐薙的嘴唇已經按上他的嘴唇。

兩人中不知是誰碰倒了打火機，火焰碰到潮濕的地板而熄滅，所以高坂不知道兩人的嘴唇分開後，佐薙臉上有著什麼樣的表情。

高坂好不容易推開佐薙，邊調整呼吸邊重新點燃打火機，然後瞪了她一眼。

「這樣一來，我們身上的『蟲』說不定就轉移到有性生殖階段。」佐薙以誇耀的表情說。「『蟲』會不斷繁殖，也許便能用更強的力量來控制高坂先生。」說著，她逞強地笑了笑。

「……沒用的，我會在這之前吃下驅蟲藥。」

「不行。我不會讓你吃藥，我會妨礙你。」

說著，佐薙又想撲到高坂身上，但先前那陣扭打已讓她的體力消耗殆盡。佐薙在撲上高坂之前就倒下去，不再動彈。高坂趕緊抱起她，但她的眼神空洞，呼吸也像是隨時會停止。高坂將她緊緊擁進懷裡，感覺像在抱人偶，感覺不到體溫。

高坂緊咬嘴唇，心想她真是個傻女孩。

他祈禱著和泉盡快回來，然而等到和泉出現已是又過了兩小時之後的事。那個時候，高坂與佐薙都已失去意識。當和泉打開貨櫃的門時，看見的是倒在地上相依偎的兩人。

＊

兩人被送去瓜實的診所，住院了幾天。高坂翌日便恢復到能自力行走，佐薙則花了五天才康復。

住院的第二天，和泉來到高坂的病房，為害他陷入生命危險一事道歉。他說由於暴風雪，導致山路上發生三起包含公車在內的車禍，大幅拖延他回到兩人身邊的時間；還說由於情報傳達上出了差錯，和泉似乎一直認定佐薙擁有能自行離開貨櫃的手段。和泉懊惱地說，早知道會這樣，他就會聯絡警察或消防隊去救人。高坂回答自己並未放在心上，而且到頭來，他和佐薙仍都活著，事到如今再去責怪誰也無濟於事。

「你是想讓佐薙完全死心吧？」高坂說。

「差不多是這麼回事。」和泉微微點頭。「如果硬要拆散你們，不是反而會留下更多眷戀嗎？所以我想，不如讓當事人抵抗到自己滿意為止。」

「要是我被佐薙說服，你打算怎麼做？」

「誰知道呢？我沒想過這個可能性，一直很信任你嘛。」

和泉開玩笑地這麼說。

後來，高坂把貨櫃中發生的事情告訴瓜實，結果他面有難色地沉默一會兒。

「這是表示治療會變得更困難嗎？」高坂問。

「不，應該不用擔心。只是……」瓜實用力閉上眼睛，過了幾秒才緩緩睜開眼說道：「真沒想到她這麼想不開。」

之後瓜實說明了驅除「蟲」的治療過程。要連續服用驅蟲藥約一個月，然後間隔約半個月的停藥時間，並反覆這樣的過程好幾次。他說，多半花上三個月到半年左右，「蟲」就會從高坂體內消失，還說佐薙也會接受同樣的治療。

出院的日子到了。離開診所前，高坂獲得一個和佐薙道別的機會。

他敲了敲佐薙病房的門，等待五秒鐘後打開門。佐薙穿著淡藍色的病患服，在床上讀著厚重的書，頭上掛著高坂以前送給她的耳機。

佐薙注意到高坂出現後，闔上書本拿下耳機，用落寞的表情直視他。看樣子她已經猜到高坂是來道別的。

「我今天就會出院。」高坂從佐薙身上撇開目光說道。「我想，接下來應該暫時見不到佐薙。」

高坂心想，但是等到治療結束後，他應該不會再見到她吧。所以，這多半是最後一次道別。

佐薙似乎也深深了解此事。

她不回應，低頭不語。

過一會兒，佐薙靜靜地開始哭泣。

她哭得很壓抑，像是一陣慢慢沾濕肌膚的霧雨。

高坂將手放到佐薙頭上，輕輕撫摸。

「等治療結束，我會再來見佐薙一面。」高坂允許自己撒謊安慰她。「如果體內的『蟲』死光，我們卻仍然喜歡彼此——到時候，我們重新當情人吧。」

佐薙用手掌擦去眼淚，抬起頭來。

「……真的嗎？」

「嗯，我答應妳。」

高坂點頭，對她微笑。

佐薙朝高坂伸出雙手，從床上探出上半身，高坂緊緊抱住佐薙苗條的身軀說：

「不用擔心，我們就算沒有『蟲』，一定也能繼續下去。」

「……我們講好了喔？」

佐薙用含淚的嗓音說。

然後，他們兩人分開了。離開病房走出診所一看，外頭是一整片久違的藍天。

四周的積雪反射的陽光十分刺眼，讓高坂忍不住瞇起眼睛。室外的空氣冷冰冰的，令人有種清醒的感覺。

他心想，待在保健室的日子結束了，差不多是時候從夢中醒來。慢慢來沒關係，一次一點點就好，得讓身體一步步習慣這個滿是蟲蛀的世界。

# 第8章　缺乏寄生蟲症

覆蓋市鎮的雪漸漸融化，被泥巴弄髒的殘雪旁邊有蜂斗菜露出花莖，告知全新季節的來臨。四周籠罩在春天的溫暖當中，住宅區裡飄散著甜甜的花香。人們脫掉厚重的大衣，只穿著一件外套，品味著久違的解放感。

這個鎮上的櫻花會在四月底開，有些年裡甚至要到黃金週才會迎來盛開的時期，因此對鎮民而言，櫻花並不是相遇與離別的象徵（註17），而是當人們歷經完一整輪的環境變化後，總算能夠喘一口氣時，忽然出現的有如暗示未來的花。

三天連假的第一天，高坂在貫穿住宅區的一條很長的坡道上閒晃。

鎮上到處都在施工，有進行建築工程的地方，也有進行拆除工程的地方；有進行道路修補工程的地方，也有進行架線工程的地方。高坂心想，感覺好像整個鎮正要脫胎換骨。

「高坂先生之前說是幾時要搬家來著？」走在身旁的女子問。

「下週。」高坂回答。

「好趕喔。為什麼早不搬晚不搬，偏偏選在這種尷尬的時期搬家呢？」

「仔細想想，我覺得現在住的地方不太方便通勤，決定搬到更近的地方。」

她是職場同僚介紹給高坂的女生，姓松尾，年紀比高坂小了兩歲。由於眉尾始終朝下，給人一種陰沉的印象，但仔細一看，會發現她的眉目非常清秀，一笑起來五官就變得華麗明亮。她說從學生時代就開始打工的補習班，在她畢業後錄用她為正式職員，於是就這麼繼續當講師。

今天是高坂第三次和她外出。儘管從認識起還不到一個月，但松尾從第一次見面時就對高坂示好。高坂也是只要跟她在一起，便能自然而然地放鬆。

一聊之下，發現兩人之間的共通點多得令人嚇一跳，例如潔癖。直到兩年前，她還每天要洗手一百次、換衣服五次、每三個小時就沖一次澡。她說靠著持之以恆的治療，現在總算能過正常人的生活，但之前嚴重時連家門都走不出去。高坂稍稍提起消毒水與空氣清淨機等與潔癖相關的用品，松尾便雙眼發亮地侃侃而談。

讀書與音樂的品味、與工作的距離感、對社會問題的低度關心，高坂與松尾在非常多事情上都有著一致的意見，兩人會愈走愈近也是理所當然。

註17：日本的黃金週是由四月底至五月初的多個節日所組成的公眾假期，畢業季則在三月。

兩人邊聊著最近看的電影，邊漫無目的地走著。來到河畔一條綠意盎然的道路時，話題轉移到釣魚上，松尾聊起以前經常被父親帶去海釣的回憶。

「對了對了，有一次還因為這樣導致食物中毒。」

松尾想起當時的情形。

「大概是八歲的時候吧，我們在家把釣到的六線魚做成生魚片，全家一起享用。雖然非常好吃，但到了深夜，肚子突然劇烈疼痛，我真的以為會沒命。而且肚子痛的只有我，爸爸媽媽還有妹妹都沒事。有夠慘的。」

「啊啊，是海獸胃線蟲症吧？」高坂苦笑著說。「聽說那痛起來連成年人都說不出話來，相信對小孩子來說根本是地獄。」

「哎呀，真虧你知道。」松尾佩服地雙手一拍。「沒錯，就是那可恨的海獸胃線蟲造成的。高坂先生也有在釣魚嗎？」

「不，我連釣魚池都沒去過。」

「那是因為常吃生魚肉之類的？」

「是有個認識的女生對這種東西很熟，我只不過是現學現賣。」

「這樣啊？」松尾點點頭，試探地問：「認識的女生……是朋友嗎？」

「不是，跟朋友又不太一樣。」

「不然是什麼關係呢？女朋友嗎？」

「大概五個月前，我兼了一份照顧小孩的差事，就是那個小孩告訴我的。」

「照顧小孩的差事……」松尾的表情變得更加狐疑。「高坂先生看起來對小孩很沒轍啊。」

「嗯。可是當時我有苦衷，非接下這份工作不可。」

「原來如此。」松尾含糊地點了點頭。「只是話說回來，會教人海獸胃線蟲的小孩應該相當稀奇吧？」

「是啊。」高坂說。「我也只遇過一個。」

*

開始服用驅蟲藥後不到四個月，高坂便經歷了幾乎可說是脫胎換骨的改變。

首先，他的潔癖治好了。在高坂賢吾這個人身上扎根得那麼深的症狀，在他服藥一個月後，便像不曾存在過似地消失無蹤，實在是非常乾脆。就和腹痛或口腔發炎一樣，治好之前滿腦子都只想著這件事，然而症狀一旦消失，就會連那是什麼樣的情形都想不起來。

不知不覺間，他已經變成即使一條毛巾不洗用了好幾天，或是從外回家後不換衣服就躺上床也不當一回事。碰到別人的肩膀已經不痛不癢，而且如果有需要，他也敢抓住電車的吊環。

一旦衝破潔癖這個瓶頸，之後就進展飛快，下一份工作已經順利確定下來。當他逛著徵才網站當作是回歸社會的復健時，碰巧看見有人開出條件優渥的徵人需求。是網頁製作公司在徵求程式設計師，列在徵才資格當中的各種程式語言和他拿手的領域完全符合，高坂便應徵了這間公司，提出自己寫的程式碼，之後就順其自然，完全不指望能被錄取。但到了下個月，他已經成為這間公司的正式員工。事情進展得那麼順利，甚至讓他懷疑是不是有人在暗中幫他把路鋪好了。

開始工作後才發現，由於在空窗期寫了各式各樣的惡意軟體，讓高坂寫程式的技能在不知不覺間突飛猛進。比起具體知識上的增加，更重要的是確立了寫程式所需的一種思考架構，這讓他在這個職場很受重視。儘管工作絕不輕鬆，但他建立了穩固的一席之地，這對他而言是極大的喜悅。

高坂漸漸找回活下去的自信，有了這個年紀該有的穩重。周遭人們將高坂那種起因於灰心的冷靜，錯以為是基於豐富人生經驗的鎮定，認定他是個優秀的人。而他多次的轉職，更被視為對能力自負的證明。一切因素都奇蹟般地往正向發揮作用。等到進公司一個月左右，他已經交到會在下班後一起喝酒的朋友；這樣的生活持續一陣子之後，讓他幾乎快要忘記自己就在短短幾個月前，還是個完全無法適應社會的人。

即使如此，有時候他還是會受到一種無從抗拒的空虛感侵襲。空虛感有著少女的形體。在書桌前打瞌睡時、走在過去與她兩個人一起走過的道路時、見到有著她形象的東西（耳機、藍色耳環、煤油打火機）時，每當觸景生情，高坂就會不由得想起佐薙聖。

然而，一切都已經結束了。佐薙早已遺忘兩人一起度過的日子，走上她自己真正的人生路途。

高坂心想，這多半是值得祝福的事吧。

在三月下旬，高坂完全適應職場、確信自己治好了厭人症後，發現儘管已擺脫了「蟲」的影響，自己卻依然喜歡佐薙。本來以為治療開始後會最快有改變的這個部分，卻是他唯一未改變的部分。

高坂深深陷入混亂之中。他和佐薙的戀情難道不是「蟲」帶來的假象嗎？為什麼潔癖與厭人症都治好了，偏偏只有「患相思」沒治好？

該不會是他有著天大的誤會？也許在道別時為了安慰佐薙所說的話，事實上卻說中了？「蟲」有能力讓宿主與宿主相愛，這多半是事實，但他和佐薙即使不靠這種假象——即使沒有「蟲」——是否也從一開始便會相愛？會不會只是他不知情，聽了長谷川夫妻與甘露寺教授的故事就疑心生暗鬼，變得無法相信自己的心？

心臟劇烈跳動，催他快點行動，高坂幾乎是下意識地打了電話給佐薙。撥號聲響起，他數著鈴聲，一聲、兩聲、三聲、四聲……鈴聲到第十五聲時，他死了心掛斷電話。

高坂手按胸口深呼吸，安撫快速跳動的胸口。不用著急，相信遲早會接到佐薙回撥的電話。

然而過了整整一天，他還是沒接到佐薙的聯絡。之後高坂合計打了五次電話、發了三次郵件，回應是零。

他也想過直接去佐薙家找她。從他最後一次去瓜實診所已經過了一個半月。由於瓜實多給了他更長期間的藥，而且症狀沒有復發的跡象，所以他沒有理由去診所。儘管先前住院時想都沒想過，但如果現在去診所，說「我想見佐薙」，對方是不是沒有理由拒絕呢？

高坂就這件事的是非評估了一番，但滿腔火熱的心意，過了一個階段後就開始急速冷卻。

仔細想想再想想，佐薙不回應的理由只有一個。如果只有一、兩次倒還罷了，但聯絡了五、六次，她不可能沒注意到。聯絡了這麼多次她卻一直不回應，表示她是有意無視高坂的聯絡。

佐薙多半是想忘了我吧——高坂做出這樣的結論。想來她也驅蟲成功，得以躲過「蟲」的支配。當她找回正常的思考時，心中對於高坂的愛情已經連一丁點也不剩。說來諷刺，但說穿了多半就是這麼一回事。

讓自己接受事實並未花上太多時間。所幸，他眼前多得是需要完成的工作。高坂不再煩惱佐薙的事，轉而將注意力集中在這些工作上。他很快便認識了松尾，心中的空洞也漸漸被替代物一點一滴填補起來。

高坂說服自己，這樣的人生才是最正常、最合理的。與佐薙共度的那段日子，是漸漸淡去的意識中所作的夢，像是走馬燈。那的確比什麼都美，但終究是夢。要是想一直留在那裡頭，只能活得有如行屍走肉。他應該追求的是腳踏實地的幸福，是給活人的幸福。

「高坂先生？」

高坂聽到有人呼喚自己而回過神，差點讓右手的玻璃杯掉下去。高坂仔細思索，自己剛剛在做什麼？啊，想起來了，他在和松尾喝酒。兩人走在鎮上，進了這家無意間注意到的愛爾蘭酒館。酒醉與疲勞交疊，似乎讓他差點睡著。

「啊啊，不好意思，我剛剛在發呆。」

高坂用力揉了揉眉心。

「你發呆了好久。」松尾覺得好笑似地笑了笑。「酒館好像就快要打烊囉。怎麼辦？要再去一間嗎？」

高坂看了看手錶，思索一會兒。

「今天就到這裡吧。還是松尾仍覺得喝不夠？」

「不會。」松尾誇張地搖了搖頭。「我已經喝得太醉了。」

「看來是這樣。」高坂看著她微微泛紅的臉，點了點頭。

「是啊，我醉到覺得高坂先生有點帥呢。」

「那妳真的醉得很厲害，最好回家睡覺。」

「是啊，就這麼辦。」

松尾這麼一說，拿起眼前的玻璃杯，把裡頭的液體灌進喉嚨。接著她和高坂對看一眼，歪了歪頭，說笑似地微微一笑，但高坂看出她的眼神深處透露出那麼一點點失望的神色。

他心想，自己的回答多半和她想要的答案不一樣。松尾多半期望兩人的關係可以進展到下一階段。她好意發出這樣明顯的訊號，讓他這種遲鈍的人也看得出來。

既然知道，為什麼不回應？

說不定是因為內心深處還放不下佐薙？

高坂與松尾分開後，並不是走向車站，而是折回大街，又去另一家店喝酒。連他自己也不明白為什麼做這種事。或許是一旦回到那個房間，即使不願想起，他仍是會想到佐薙還在的時光；和松尾的關係之所以卻步不前，也是因為無法原諒讓外人踏進他與佐薙共度過一段時光的那個房間。

他覺得，總算能明白自己為什麼急著搬家。

高坂自嘲地笑了笑，心想真是沒出息。即使自以為已經成了個正常的人，內心深處卻仍單戀著十七歲的少女。

*

由於錯過最後一班電車，高坂改搭計程車回去。他從錢包抽出幾張鈔票，沒怎麼數就遞給司機。收下找回的錢後，他在住宅區下車。夜風送來春天花朵濃密的香氣，搔著他的鼻腔。

他踩著搖搖晃晃的腳步爬上公寓的樓梯，打開門鎖、進入自己的臥室之後，整個人倒到床上去。春天夜晚的氣溫適中，床墊又柔軟，床單冰冰涼涼的，他就這麼任由意識漸漸淡去。

起初，那個聲音感覺像是耳鳴，重複了幾次才發現是門鈴聲。本以為是自己小睡一下就到了早上，但坐起身往窗外一看，天還沒亮。朝時鐘一看，才剛過凌晨兩點。到底是誰會在這種沒常識的時間跑來……他心中正要產生這樣的疑問，就想起以前也曾有過類似的情形。

酒醉與睡意一口氣清醒，高坂整個人彈起來似地起身，來到玄關打開門。

他的預感是對的，站在門外的是和泉。他一隻手插在皺巴巴的西裝口袋裡，另一隻手搓著落腮鬍，身上並未穿著平常那件大衣。

「嗨，過得還好嗎？」

「和泉先生？」高坂以啞口無言的表情說。「到底有什麼事？」

「我可以進去嗎？還是說，你的潔癖還沒好？」

「不，進來是無所謂……」

和泉脫掉皮鞋，走進房裡。

「要喝杯咖啡嗎？」高坂問。

「不了，不用。」

和泉的目光在室內掃過一圈。由於即將搬家，房內顯得非常單調。除了角落堆著白色的紙箱以外，只放著最低限度的傢俱：工作椅與書桌、空的書架、衣帽架、床。和泉想了一會兒後，淺淺坐在紙箱上。

高坂坐到椅子上問說：

「你來這裡，也就表示多少發生了一些和『蟲』有關的事吧？」

「答對了。」

和泉連眉毛也不動一下地回答。

「發生了什麼問題嗎？」

「我反而想問你，你什麼問題都沒有嗎？」和泉反問。「最近有沒有什麼奇妙的改變？」

「沒有，沒什麼特別明顯的改變。你也看到，我很順利康復了。」高坂忽然間注意到手錶沒脫掉，於是解下來朝床上枕邊一扔。「多虧你們，我厭惡人類的症狀也治好了。我體內的『蟲』似乎已經死得乾乾淨淨，一隻也不剩。」

「這你就錯了，你的『蟲』還沒消失。」

沉默降臨在兩人之間。

「……你想說什麼？」高坂露出痙攣的笑容。「你也看到了，我已經沒有潔癖，並重新就職成功，人際關係變順利，哪兒都找不到『蟲』的影響。」

和泉搖搖頭。「你的狀況只是稍有恢復。不知道為什麼，你體內的『蟲』似乎有抗藥性。雖然未實際查證過，但除此之外想不到別的可能性。現在這些『蟲』只是暫時衰弱，才會潛伏不動，但只要一陣子停止吃藥，相信『蟲』很快會恢復原本的狀態。」接著他忽然表情一歪，微微一笑。「這是非常幸運的事。」

「幸運？」

「就是說，你該感謝你身上的『蟲』生命力特別強。」

和泉像是忍耐著什麼，深深吸一口氣後慢慢吐出。接著宣告：

「除了你以外，驅蟲藥在『蟲』的感染者身上都非常有效。而等到體內的『蟲』死光——身為宿主的他們也都選擇了死亡。」

高坂的表情僵住，什麼話都說不出來。

和泉繼續說道：

「無論甘露寺教授還是瓜實醫生，對於『蟲』會讓感染者自殺這點，見解是一致的。他們認為當寄生的『蟲』超過一定數量，宿主會承受不了繼續生活在人類社會中的壓力，於是主動選擇死亡。這推論也算是恰當，就算不是他們兩人，多半仍會這麼想吧……可是，這當中有個致命的謬誤。我們一直以『自殺』等於『異常』

這樣的前提在思考，這當中就有漏洞。

隨著研究進行，各式各樣的事實漸漸浮上檯面。這種寄生蟲的確是以人類為最終宿主，但似乎不是能寄生在任何一個人身上，反而是多數人類都無法成為『蟲』的宿主。即使『蟲』成功入侵人體內，也很快會被免疫系統排除。但有極少數像你們這種體質上不但不會排除『蟲』，反而會嚴加保護『蟲』的人存在，簡直像積極歡迎『蟲』來寄生。

接下來所說的，有部分摻雜我的主觀意見——說不定『蟲』根本沒有讓宿主自殺的力量。『蟲』的確會讓宿主孤獨，但這和宿主的死也許無關。我會這麼說是因為瓜實醫生的研究揭曉一項新事實，那就是『蟲』有著抑制宿主負面情緒的力量。憤怒、悲傷、嫉妒、仇恨……宿主產生的所有負面情緒，都會被『蟲』削弱。詳細的運作機制我不清楚，但瓜實醫生說，也許是『蟲』會選擇性攝取合成某種神經傳導物質所需的酵素而造成這種現象。如果這個推測正確，也可以解釋成『蟲』是以宿主的苦惱為食物。之所以讓宿主從社會孤立，多半是為了讓宿主不停供應苦惱。也就是說，只靠日常生活的壓力，不夠這些『蟲』吃。

這時我忽然想到一個假設：說不定這些感染者，在被『蟲』寄生之前，本來就有已經生病的靈魂——說得直接明白點，這些人會不會原本就有很強的自殺欲望或求死意念？能夠成為『蟲』的宿主的人類，會不會本來就是一群要是放著不管便會自殺的人們？

這麼一假設，先前懷抱的種種疑問就一口氣都說得通了。大多數平凡人根本供應不了足以讓『蟲』生存的苦惱，即使放著不管，他們體內的『蟲』也會不斷衰弱，最終受到免疫系統的攻擊而滅絕。另一方面，對於不停受到死亡吸引、苦惱多得不知該如何自處的那些人而言，這種『蟲』肯定是求之不得的益蟲。寄生在人類身上的跳蚤中，也有一些品種會吃掉多餘的皮脂，有助於維持皮膚健康，說起來這兩者有點像。『蟲』會吃掉多餘的苦惱，幫忙人類維持精神的平衡……也就是因為這樣，有些人不但不會排除『蟲』，反而將『蟲』接納進來，當成一種器官納入體內，幫忙處理自行處理不完的苦惱。所以，宿主和『蟲』是互利共生的關係。

那麼，要是這樣的『蟲』遭藥物驅除，結果會怎麼樣？先前靠『蟲』處理的苦惱立刻會無處可去，宿主也就得獨自承受這些苦惱。由於受『蟲』保護而變得纖細敏感的他們，已經沒有足以抵抗苦惱的力量。他們失去延命裝置後，再也沒有任何東西可以按捺住死亡的衝動。

我們一直以為這些感染者的自殺，原因出在寄生蟲的存在。可是，真相卻正好相反。他們的死，原因在於缺乏寄生蟲。這就是我的結論。」

先前聽佐薙說過的話，此時在腦海中閃現。

『……因此，讓免疫抑制機制啟動，就能改善免疫相關的疾病。但要喚醒這種調節T細胞，似乎是靠「受宿主容忍的寄生者」。換句話說，也就是缺乏寄生者的過度清潔狀態，加快了現代的過敏與自我免疫性疾病患者增加的速度。』

『而且，真雙身蟲直到最後都不會拋棄伴侶。牠們一旦結合，再也不會分離；要是強行把牠們拆散，牠們就會死掉。』

還有囊蟲病——因中樞神經內的囊蟲死亡才產生的疾病。

到處都存在提示。

——我們是靠寄生者才能存活，一次都不該放開寄生者的手。

「佐薙……」這是高坂脫口而出的第一句話。「佐薙怎麼了？」

「她是第一個犧牲者。」和泉說。「最先受到缺乏『蟲』影響的，就是佐薙聖。有一天早上，瓜實醫生覺得奇怪，外孫女怎麼一直不起床，去到她的房間一看，看見她躺在床上一動也不動，並有混著酒服下大量安眠藥的跡象。這是大概半個月前的事。」

世界從腳底漸漸崩解。眼前的焦點變得模糊，聽得到強烈的耳鳴。

然而和泉的下一句話，將高坂眼看就要跌進無底深淵的意識拉回來。

「不過你放心，佐薙聖沒死，她搞砸了。她做得太過火，多半是求死意志太強烈反倒失敗了吧。她吃的藥和喝的酒都太多，結果在充分發揮藥效前就吐了出來；也或許純粹是自殺到一半就害怕起來，才自己吐出來的。不管怎麼說，她保住了一條命。只是……」

和泉說到這裡，好一會兒說不出話，思索著看向窗外。高坂也跟著看過去，但那個方向並沒有什麼特別值得看的東西，只有黑暗。

過一會兒，和泉開口說：

「佐薙在診所接受了最低限度的治療就被送去大醫院。她似乎暫時沒有生命危險，讓我和瓜實醫生都鬆一口氣。可是，佐薙聖的自殺未遂，只不過是個開始。說起來，她就像是礦坑裡的金絲雀。」

高坂搶在前頭說：

「也就是說其他病患——長谷川先生他們，也做出了同樣的行為吧？」

「就是這麼回事。」和泉點了點頭。「佐薙聖出事的隔週，長谷川祐二打了電話來，只說長谷川聰子自殺了就掛斷電話，我們什麼都搞不清楚。隔天，我們打算去問清楚詳細情形於是上門拜訪，卻慢了一步，那個時候長谷川祐二已經追隨妻子而去。兩人相互依偎，都沒有氣息。然後，就在我們發現長谷川夫妻自殺的時候，佐薙聖從病房消失了。」

「消失了？」

「對，她留下字條，上面只寫著『謝謝』。我們向警方報案協尋，我自己也連日到處找她，結果還是沒能找到佐薙聖。我本來以為，說不定她會跑來你這裡，但看來我這個猜測也落空……真不知道她到底跑去哪裡。」

說完，和泉就不說話了。他的表情露出疲態，似乎已徹底被後悔、無力以及其他各式各樣的情緒給打垮。

「我已經累了。」

和泉深深嘆一口氣說道。

「到頭來，我們所做的一切全都搞錯了。豈止沒能拯救病患，反而是積極逼死他們。本來只要放著不管就好，我們卻特地出手干涉，毀了這一切。真是天大的笑話。瓜實醫生沮喪得不得了，像是變得痴呆一樣，眼看他可能會比他的外孫女還早自殺呢。」

和泉笑了一陣子之後，以緩慢的動作起身。

「這麼說很任性……但我從今天起，不會再去找瓜實醫生，相信也不會再跟你見面。」

和泉背向高坂。

高坂對他的背影開了口。

「和泉先生。」

「幹嘛？」和泉頭也不回地問。

「請你不要死。」

「……竟然被你擔心，那可真是沒救啦。」

和泉肩膀顫動地笑了幾聲。

「我走啦，你可要和『蟲』好好相處。不管你喜不喜歡，牠們已經是你身體裡重要的一部分。」

說完，他就離開了。

自殺未遂——先前不管怎麼打電話或發郵件，佐薙都不回應，原來是發生了這樣的情形。高坂打電話時，佐薙體內的「蟲」多半已遭消滅殆盡，她正和直逼而來的死亡衝動抗戰，又或者是已一步步在準備自殺。不管怎麼說，她肯定滿腦子都只有自殺的念頭，沒有心情管其他事情。

佐薙之所以不回應，並不是因為討厭我——比起擔心佐薙的安危，這才是高坂腦中最先產生的由衷感想。這麼想雖然有點不莊重，但比起其他事情，高坂最先是為此歡喜。

高坂心想，到頭來，現在所感受到的這種喜悅就是一切。他就是喜歡佐薙，再也沒有什麼東西比這更確切。「蟲」或年齡差距都不重要。若說這種感情是謊言，那他會想被這種謊言欺騙到死去為止。

高坂咀嚼了這份喜悅一陣子後，開始思索消失的佐薙會去哪裡。佐薙懷有特殊情感的對象非常有限，選擇自然不多。

說不定佐薙是想和殉情的雙親死在同一個地方。他聽說過佐薙的雙親是在一處以自殺地點聞名的山間，從橋上跳了下去。若是她想從同一個地方跳下去，也沒有什麼好不可思議。

他沒有什麼明確的根據，可是現階段也沒有其他更加有力的線索。高坂強烈地心想自己非得去那兒不可，打電話叫了計程車。

十幾分鐘後計程車來了，高坂上車後將目的地告知司機。年約半百的司機頭也不點，默默開車前行。

但是，過了二十分鐘左右，高坂說有東西忘記拿，又叫計程車折返。說得精確一點，並不是有東西忘記帶，而是他忽然想到一件事。他想到要圍上佐薙在聖誕節送他的那條紅色圍巾去找她。

儘管事態分秒必爭，但他就是覺得無論如何都需要這條圍巾。這像是一種祈願。他覺得這條圍巾，將會扮演牽起兩人的紅線這個角色。

從結論而言，這個預感猜中了。

又或者是腦子裡的「蟲」偷偷告訴他這件事。

高坂回到公寓後跑上樓梯，氣喘吁吁地來到房門前。一把鑰匙插進去，就發現房門沒鎖，大概是出門時太匆忙而忘記上鎖吧。

進去一看，臥室門上的採光窗透出了光線，看來自己連燈也忘記關。但這種事不重要。高坂連脫鞋子的耐心也沒有，穿著鞋子踏進房裡，穿過廚房走進臥室。

結果，就在臥室找到睡得正香甜的佐薙。

# 第9章　戀愛寄生蟲

他在咖啡的香氣中醒來。柔和的朝陽從窗戶照射進來。

高坂躺在床上不起身，緩緩轉動視線。

看得見桌上並排放著兩個馬克杯，慢慢冒出熱氣。廚房那邊則飄來塗了奶油的吐司麵包與烤得微焦的培根所散發出來的香味。

仔細一聽，在早晨的鳥鳴聲中可以聽見佐薙沙啞的口哨聲。

今天就是這樣一個早晨。

兩人把兩個比較大的紙箱拿來當餐桌，一起吃早餐。白色紙箱從遠處看去，倒也有點像是漆成白色的餐桌。

兩人之間幾乎沒有對話。桌上型收音機奏出斷斷續續的音樂。雖然聽不出是什麼曲子，但可以確定是鋼琴曲。有時聽得到一些令人懷念的片段旋律，但仔細想聽出細節，旋律就會逃跑似地愈變愈小聲。

吃完早餐後，兩人沖個澡做好出門的準備。佐薙除了睡衣以外只帶了制服，所以就換上制服。高坂從衣櫃裡拿出沒有特色的襯衫和抓皺卡其褲正要換上，佐薙制止他說：「等一下。」
「怎麼啦？」
「我們第一次見面的時候，高坂先生不是明明沒在工作卻穿了西裝嗎？我想再看一次。」
「是沒關係。為什麼？」
「因為我喜歡高坂先生穿西裝的模樣。不行嗎？」
高坂搖搖頭。「不會不行。而且我現在好歹有在上班，穿了也不會心虛。只是有點擔心穿西裝的我和穿制服的佐薙走在一起，看在旁人眼裡會是什麼情形。」
「不用擔心。要是被人問起，只要堅稱是兄妹就好。」
高坂心想她說得也是，很乾脆地接受了。
換完衣服後，兩人離開公寓出門散步。十分適合恬靜週日的平靜陽光照在住宅區裡，櫻花似乎已開始凋謝，路旁堆積著桃色的花瓣。天空就像是為了配合櫻花淡淡的顏色，有著淡淡的淺藍。而在淺藍色當中，有一朵朵小小的、棉絮般的雲朵飄在上頭。
兩人自然而然牽起手漫步。

穿過站前商店街的小巷之後會看到一間舊書店，他們在那兒消磨了一些時間。店裡很窄很擠，有著老舊書本的霉味。

高坂頗中意一本不經意看到的另類圖鑑，猶豫一會兒後買了下來。那本書的內容網羅了全世界所有的圖鑑，可說是「圖鑑的圖鑑」。

後來，兩人在街角的麵包店買了三明治邊走邊吃。由於三明治夾了很多料，每咬一口都會弄掉一些萵苣或洋蔥。佐薙看到高坂用手指擦掉沾在嘴邊的醬，嘻嘻笑了幾聲。

「換成是以前的高坂先生，實在很難想像會這麼做呢。」

「也對。開始會邊走邊吃，還有敢碰舊書，都是這三個月才有的情況。」高坂邊拍掉手上沾到的麵包屑邊回答。「可是，照和泉先生的說法，等『蟲』恢復活力後，潔癖就會復發。到時候，我就連還有沒有辦法繼續上班都很難說。」

「這樣啊？」佐薙有點遺憾地說。「那麼，可得趁現在盡量把骯髒的事做個夠才行呢。」

高坂露出苦笑，再度牽起佐薙的手。

＊

時間回溯到稍早。

昨晚發現睡在床上的佐薙時，高坂最先懷疑這是不是自己腦袋創造出來的幻影。他心想，在眨眼的下一瞬間，她的身影一定會消失。

所以他一直睜著眼睛，想盡可能把這道幻影留在眼底久一點。過一會兒，眼睛乾澀刺痛、滲出淚水，讓他忍不住閉上眼瞼。然而等他睜開眼睛，佐薙的幻影依然留在那兒。

高坂再度閉上眼睛，揉了眼瞼十秒鐘左右，再睜開眼睛。

佐薙還是在。

「佐薙。」他試著出聲呼喚。

結果，佐薙顫動一下。過一會兒，她慢慢坐起上身，和高坂對看，接著像要遮住身體不讓他看似地把毛毯拉到胸口，害臊地低下頭。

高坂受到太大的震撼，一時間感情麻痺，連吃驚或喜悅都無能為力。

「妳不是幽靈吧？」他問。

「誰知道呢？」她以試探的眼神說。「你怎麼不自己弄個清楚？」

高坂戰戰兢兢地走過去，伸手碰上她的臉頰，手上有著人類肌膚的觸感，也感受到溫暖。佐薙似乎還怕他不夠確定，把自己的右手也貼到高坂的手上。她的手同樣有著人類肌膚的觸感。她確實存在。

高坂雙手繞到佐薙背後，將她擁進懷裡。佐薙默默接受。

「為什麼……」高坂太激動，無法順利組織話語。「妳怎麼會在這裡？身體還好嗎？『蟲』不是死了嗎？」

「不要一次問那麼多問題嘛。」佐薙為難地笑了。「一個一個問。」

高坂輕輕讓佐薙從自己身前退開，問說：「妳的身體還好嗎？」

「不好。坦白說，狀況還不是很好。」佐薙回答。「可是，考量我當時服下的藥劑量，能這樣就沒事已經算是奇蹟了。」

她用手指敲了敲胃的位置。

「我的記憶在昏睡期間缺了一塊，幾乎已不記得決定自殺時的情形，只依稀記得我是憑自己的意思把藥吐出來，想必是在緊要關頭恢復了理智。聽醫生的說法，要是我再晚一點把藥吐出來，那就沒救了。」

「原來是這樣……」高坂重重呼出一口氣。「這是一回事，那妳溜出醫院後，之前都在哪裡做些什麼？又為什麼搞失蹤？」

「我有些事情想先做完，所以躲在家裡的診所。從以前就有個只有我知道的藏身處，我不想去上學的時候經常躲在那裡。」說著，佐薙縮起了肩膀。「可是我不太想談這個啊。照理說，你應該有更該問的問題吧？」

「……『蟲』怎麼了？不是被驅蟲藥殺光了嗎？」

「嗯。之前待在我體內的『蟲』似乎全都死了。」

「那為什麼……」

佐薙輕輕露出微笑。

「現在我體內的，是本來待在高坂先生體內的『蟲』。」

「我的『蟲』？」

「那一天在貨櫃裡，我不是強吻了高坂先生嗎？」佐薙難為情地撇開視線。「那個時候，高坂先生的『蟲』有一部分移動到我體內，和我體內的『蟲』交配，生下具有抗藥性的寄生蟲。我之所以能勉強活下來，就是多虧這些『蟲』。是高坂先生的『蟲』救了我的命。」

高坂閉上眼睛，仔細思索一會兒後，嘆一口氣說：

「到頭來，佐薙什麼都對了，我什麼都錯了。」

佐薙搖搖頭。「這也沒辦法，我不是有什麼根據才這麼寶貝這些『蟲』，這次只是湊巧我的願望和事實一致罷了。我覺得高坂先生的判斷是正確的，而且，我也知道高坂先生之所以拒絕我，是為了我好。」

「妳高估我了，我不是那麼了不起的人。」

高坂無力地微笑之後，鄭重說道：

「謝謝妳回來。我真的好開心。」

「我才要謝謝你，為我留下可以回來的地方。」

佐薙微微歪頭，笑逐顏開。

＊

公園的入口前停著一輛藍色汽車，汽車的引擎蓋與擋風玻璃上沾滿櫻花花瓣，視野幾乎全被遮住。從副駕駛座這一邊的車窗往裡頭窺看，可見一名男子在駕駛座上睡得十分舒暢。

高坂掃視四周，但未看見櫻花樹，那些花瓣多半是從公園的樹上乘著風飄到這裡來的，這天的風也的確很強。話雖如此，茫茫然走在路上時，卻幾乎會忘了風的存在，大概是因為風的吹向沒有變化吧。

踏入水科公園走了幾分鐘，兩人來到一條兩旁都有著整排櫻花樹的步道，走一會兒後停下腳步。

太壯觀了。

花瓣就像雪片似地漫天灑落。

樹梢被風吹得上下大幅度擺動，花瓣接連飛上天空，被午後的陽光照得通透，飛舞中閃動著白色的光芒。

兩人為這幅光景震懾許久。眼前的櫻花遭強風劇烈吹拂，「櫻吹雪」這個說法毫不誇張。眼前的光景如此令人目不暇給，公園卻籠罩在一股奇妙的寂靜中，只聽得見白色雜訊般的風聲，以及樹木的婆娑聲。賞花的人影稀疏，也看不到礙眼的藍色野餐墊，多半是因為附近有更大的公園，大家都往那兒去了。

高坂回想起他們兩人第一次見面時，這個公園圍繞在雪中，佐薙站在池畔餵天鵝。當時她頭髮染成金色，穿著很短的裙子，抽著菸。

總覺得那好像已經是很久以前的事，明明從當時到現在還不到半年。

兩人走累了就在斜坡的草地坐下來。他們在樹蔭下相依偎，看著櫻吹雪的景色，仔細聽著風聲。

斜坡下可以看見水池。水面密密麻麻鋪著一層白色花瓣，就好像雪花積在結冰的水池上，幾乎讓人以為可以走在水面上橫越水池。

然後高坂注意到有一隻天鵝在水池裡悠哉地游泳。不管重看幾次都不是鴨子，是天鵝。會是被天鵝群丟下的嗎？但這隻天鵝倒也未特別顯得無助，優雅地在花瓣池中游來游去。

這種非現實的光景，令人聯想到小孩子堆砌出來的那種沒有秩序的玩具庭園。沒有一貫性，彷彿作夢的光景。

「高坂先生，跟你說喔。」

佐薙的頭仍然靠在高坂肩上說道。

「我打從在這裡第一次見到高坂先生，就知道會變成現在這樣。」

「真的？」

「嗯……你還記得第一次找我說話的情景嗎？」

「我記得很清楚。」高坂感慨萬千似地瞇起眼睛回答。「我覺得這個女生有夠冷漠。」

「有什麼辦法？我怕生嘛。」

佐薙噘起嘴，然後微微轉頭看向上方。

「那時候，我們就是在這棵槲寄生底下相遇的。」

「槲寄生？」

高坂抬起頭，看見櫻花樹枝的前端附近，摻雜了顯然不同種的植物。冬天看到時模樣冷清得幾乎和鳥巢沒有區別，現在則已長著翠綠茂盛的葉子。

佐薙說下去：

「聖誕季節裡，在槲寄生樹下相遇的男女必須接吻。這你聽過嗎？」

高坂搖了搖頭，那多半是歐美的習俗吧。

「然後，我早就決定初吻要給喜歡的對象，所以我會喜歡高坂先生是必然的結果。」

「妳這邏輯亂七八糟。」高坂露出苦笑。

「連我也不知道自己在說什麼。」佐薙笑得肩膀抖動。「總之，也就是說我們的戀情，不是只靠寄生動物，還靠寄生植物在支撐。有各式各樣的寄生生物和我們的人生有著密切的關係，我想說的大概就是這麼一回事吧。」

「……原來如此。」

「真是的，不靠寄生生物，連個戀愛都談不了。這樣根本搞不清楚哪一方才是寄生者。」佐薙說著又笑了。

接下來是一陣沉默，兩人各自神馳於寄生生物所帶來的幸福偶然中。

過一會兒，高坂打破沉默。

「……妳剛剛說了吧？在槲寄生底下，我們非得接吻不可。」

「嗯，雖然那是聖誕季節的習俗。」

「妳看。」高坂豎起食指，朝向正前方。「有天鵝、飛雪，水面也凍結。」

「真的。」佐薙嘻嘻笑了幾聲。「那就沒辦法啦。」

佐薙轉過來面向高坂，輕輕閉上眼睛。

高坂在她的嘴角短短一吻。

沒多久，佐薙在高坂的膝上睡著，多半是累了。說不定她的「蟲」尚在康復，沒能完全處理掉她心中湧起的苦惱。

高坂輕輕用手梳了梳佐薙柔軟的頭髮。被頭髮遮住的耳朵暴露在陽光下，藍色的耳環反射光芒。看來她把頭髮染回黑色之後，仍然一直戴著耳環。

仔細想想，這是第一次看見她做春天氣息的打扮。她穿著冬季服裝時沒注意到，但就近觀察她的身體，便發現不只是安眠藥，還看得出她嘗試過各種自殺方法的痕跡。有些是很久以前的痕跡，也有些是最近的痕跡，每一道痕跡都讓高坂的心情變得陰鬱。

高坂衷心祈求，希望她不要作惡夢。

花瓣仍持續朝公園內灑落。在樹蔭下待著不動，花瓣便漸漸堆積在兩人身上。

沒過多久，太陽漸漸西斜，從枝葉間灑落的陽光照在兩人身上。高坂小心別吵醒佐薙，輕輕躺下來，閉上眼睛，深深吸進一口含有草地與櫻花氣味的豐潤春風。

也只有現在能像這樣天真無邪地接觸大自然。相信在不遠的將來，潔癖症將會復發，他又會把自己關在房間裡。一想到這裡，心情就有些消沉。但考量到待在佐薙身旁時所感受到的這種滿心憐惜的心情亦是「蟲」帶來的，他就無法怨恨這種戀愛寄生蟲。

到頭來，他們能否不靠「蟲」相愛已無從得知，而且他現在覺得這不是什麼大問題。

因為「蟲」是他們身體中不可或缺的一部分，沒辦法切割開來思考，「我」這個人就是包括了「蟲」才能成立。

人不是只用頭腦在談戀愛，還會用眼睛談戀愛、用耳朵談戀愛、用指尖談戀愛。既然如此，即使用「蟲」談戀愛也沒什麼好奇怪。

他不會因此讓任何人說閒話。

*

當天空開始渾濁成藍灰色時，兩人離開水科公園。他們在超級市場買了食材後回家，這次換高坂站在廚房，做了些簡單的菜。等吃完這頓稍晚的午餐、喝完餐後咖啡，已經過了下午四點。

由於他們出了汗，於是輪流沖澡。換上室內服後，兩人並肩坐在床上，看著從舊書店買來的圖鑑度過時光。桌上的短波收音機傳來海外的新聞節目，但音量調得很小，所以聽不出內容。

蒼白的光從窗簾的縫隙間射進來。由於他們並未開燈，房裡就像森林深處一樣昏暗。仔細一聽，就聽見從很遠的地方傳來孩子們嬉戲的聲音。

佐薙看完一遍後，闔上圖鑑說道：

「我一直覺得好像少了什麼，現在知道是少什麼了。」

「妳在說什麼？」

「沒有消毒水味。」

高坂眨動雙眼。

「啊啊，我想也是。最近我已經沒有那麼神經質地打掃。」

「在我心裡，是聞到了那種氣味才覺得來到高坂先生的房間。」

「妳想念消毒水味？」

佐薙點點頭。

於是高坂從紙箱中拿出消毒噴霧，就像幾個月前還每天噴時那樣，在整個房間裡噴灑消毒水。佐薙坐在床上，就像眼前有人在進行聖誕裝飾般，開心地看著他噴灑消毒水。

房裡很快就充滿乙醇刺鼻的氣味，佐薙帶著心滿意足的表情趴在床上。

「嗯，是高坂先生的房間。」

「仔細一聞，就覺得這氣味真糟啊。」

「會嗎？我倒是覺得這個氣味很像保健室，很喜歡。」

「我倒是覺得幾乎所有人都會覺得這很像醫院的味道，很討厭。」

「可是，我喜歡。」

佐薙把枕頭墊在下巴底下，閉上眼睛，深深呼出一口氣。

「我覺得我會睡著。」

「喂喂，剛剛不是才午睡過嗎？」

「話是這麼說沒錯，可是，我好像有點累了。」

說完不到五分鐘，她就睡著了。

高坂幫佐薙蓋上毛毯，猶豫一會兒後鑽到她身旁，一直看著她的睡臉，怎麼看也看不膩。在這麼近的距離下，連她長長的睫毛都能一根根看得清清楚楚。

那是一種彷彿隨時會消失的睡臉。一種像是這輩子從未放鬆過的睡臉。在午後昏暗的房間裡睡著的她，顯得前所未見地脆弱且容易受傷。

高坂心想，明天一大早要通知搬家公司取消的事。

然後，和佐薙兩個人一起打開紙箱，把房間弄回原本的樣子。

就留在這個城鎮吧。

和她一起活下去。

告知下午五點的廣播迴盪在鎮上，高坂就在廣播聲中慢慢閉上眼睛。

*

佐薙從睡夢中醒來時，在眼前見到高坂的睡臉。

她嚇了一跳，反射性地彈起來，過一會兒搞懂了狀況，便深呼吸兩、三次又躺下去。胸口的鼓動遲遲無法緩和。

太陽幾乎已經完全下山。孩子們的聲音也已經聽不見。溫暖的風從窗戶吹進來，搖動了窗簾。消毒水的氣味中，一瞬間摻雜了令人一口氣喘不過來似的懷念氣味。她對這懷念的感覺思索了一會兒，但尚未想出這股氣味是怎麼一回事，就已經忘記味道。

佐薙小聲喃喃說道：「算了，沒關係。」也不是說想到了就能怎樣。

然後她悄悄伸出手，輕輕把手指交纏到高坂手上。

佐薙心想，要一直記住這種感覺。

考慮到她所剩的時間之少，這不會太困難。

佐薙看著滿是淡淡晚霞的天空心想——

我的性命，是靠著心上人的吻救回來的。

——如果這是真的，不知道該有多好？

當時高坂體內的「蟲」，的確有一部分轉移到她體內，和她的「蟲」進行了有性生殖。在高坂體內也發生了同樣的事。這是千真萬確的。

然而，兩人體內新誕生的「蟲」並不相同，只有高坂體內生出了具有抗藥性的寄生蟲。

佐薙心想，高坂體內的「蟲」也不是從一開始就有抗藥性，而是她的「蟲」和高坂的「蟲」基因混合，結果奇蹟般地讓他體內誕生了具有抗藥性的變異品種寄生蟲。就是這種變異品種救了他的命。

但她體內並未發生同樣的奇蹟。她的「蟲」沒有抗藥性，毫無抗拒能力，三兩下就被驅蟲藥消滅殆盡，她也就這麼失去了處理苦惱的器官。

現在的她是個空殼子，已經死了一半，就像頭被剁下來卻還繼續行走的雞一樣，處在一種兩腳已經踏進死亡，只等著往下沉的狀態。

能夠活到今天，全都多虧了最後想見高坂一面的執著。既然這個願望已經實現，想來她再也撐不了幾天，多半會抗拒不了「在幸福的顛峰迎來死亡」的欲望，自我了斷生命。

如果現在跟高坂分他的「蟲」來用，佐薙的情況的確有可能好轉，但很遺憾的是她沒有這個念頭，甚至連遺書都已經寫好。

她打算就這麼進行到底。

一直是這樣子，活著這件事一直讓她害怕得不得了。若是缺乏某樣東西，就會害怕自己一輩子都得不到這樣東西；若是擁有某樣東西，就會害怕自己遲早會失去這樣東西。

她最害怕的是一輩子都不愛人，也不被人所愛。佐薙覺得與其度過這樣的人生，還不如趕快死掉。然而，她已經學會愛人與被愛，結果對於失去愛這件事，變得比什麼都要害怕。她覺得，與其一直在這樣的恐懼下擔心受怕，還不如趕快死掉算了。

對於死亡的傾向。自我瓦解的程序。到頭來，不管怎麼掙扎，結論都是一樣的。幸福與不幸是表裡一體，尤其對於她這樣的膽小鬼來說，更幾乎是同義詞。一切都會變成「不如死去」的論證根據。佐薙聖就是這樣的人。

既然如此，她希望至少趁硬幣正面還朝上的時候，讓這一切結束。沒有任何事物能勝過死得合乎時宜。她對於時而悲傷、時而喜悅的生活，已經累得精疲力盡。

所以，她多半會在不遠的將來，為自己的生命畫上休止符。這樣一來，佐薙聖這個人的歷史就會在那個點落幕，再也不會有新的東西覆寫上去。那是一種徹徹底底贏了就跑的舉動。

佐薙想了起來。想起第一次見面的日子，想起第一次讓高坂碰觸的日子，想起第一次接吻的日子，想起高坂第一次緊緊抱住她的日子。

只有丟下高坂一個人這件事讓她掛心。她真的覺得很對不起他，接下來要做的事是在背叛他，無論怎麼道歉都不夠。她也不打算要高坂原諒自己。如果高坂會因此恨她，她大概也非得甘於承受他的怒氣不可。這是她理所當然的報應。

可是，如果可以，希望高坂可以這麼想——

他們兩個人，本來應該早在認識之前就死去，應該早在生了病的靈魂引導下了斷自己的生命。他們是靠「蟲」的力量暫時延長生命，得到相愛的機會，而且其中一方還奇蹟般地得以活下去。

如果用這種方式看待兩人的相遇，應該會認為這個結局即使稱不上是最好的，也絕非最壞。

因為要是沒有「蟲」，他們甚至無法相遇。

而且，不是只有悲傷的事。因為有一件事，可以透過她的死來證明。因為有一件事，只能透過她的死來證明。

宿主的死，是擺脫「蟲」的影響而產生的。另一方面，兩人之間靠「蟲」這個丘比特牽線才成立的戀情，只要有一方失去「蟲」的影響，應該就會破局。因此，她直到死前都愛著高坂，而高坂也愛著她，也就表示他們的愛即使在「蟲」的影響離去後依然成立。

他們即使不靠「蟲」這種東西，也能夠相愛。

這件事，若她不失去「蟲」，就絕對無法證明。

佐薙鬆開交纏在一起的手指，輕輕撫摸高坂的臉頰。

幾秒鐘後，高坂緩緩睜開眼睛。

「對不起，吵醒你了嗎？」

「沒有。」

高坂搖搖頭，接著注意到什麼似地睜大眼睛。

「……佐薙，妳在哭嗎？」

聽他指出這一點，佐薙才察覺到自己一直在哭。她趕緊用手背擦去淚水，但眼淚接連流出，始終沒有停止的跡象。

「好奇怪。」佐薙邊小小打嗝，邊強行擠出微笑。「我本來沒打算要哭的……」

「妳難過嗎？」

「不會，不是這樣，反而是高興得不得了。」

「是嗎？那我就放心了。」高坂瞇起眼睛。「代表這一定是對的眼淚。」

佐薙覺得好笑似地笑了，心想這個人還是老樣子，安慰人的方法很奇怪。

「……高坂先生，我告訴你一個好消息。」

「好消息？」高坂微微睜大眼睛。

「對，好消息。」佐薙點了點頭，然後露出珍藏的笑容說：「跟你說喔，我啊，喜歡高坂先生。」

「嗯，我知道。」

「不是你想的那樣，是真的喜歡。」

「嗯？」高坂思索一會兒後，忽然噗嗤一聲笑出來。「我是搞不太懂，不過好高興啊。」

「沒錯吧？」

兩人相視而笑。佐薙心想，在不遠的將來，高坂應該會猜到她這句話的真正意思吧。只是到了那個時候，相信一切都已經太遲。

然後，她忽然注意到自己的眼淚在枕頭上弄出了淚痕，因而露出「糟糕！」的表情。

「對不起，再這樣哭下去，我會弄髒枕頭的。」

佐薙想坐起身，但高坂伸手制止她。

「這麼做就好。」

高坂說完，把佐薙擁進懷裡。

佐薙的眼淚，透進了他襯衫的胸口。

「妳愛怎麼哭都行。妳以前大概為自己哭得太少了。」

「……嗯，我會的。」

佐薙在他懷裡哭個不停，把以前的份還有以後的份都哭個夠。

過一會兒，佐薙哭累了，在高坂懷裡睡著。

那是一次很深很深，非常深沉的睡眠。

這是她這輩子第一次有如此平靜而滿足的睡眠。

在夢中，她變成天鵝。一隻天鵝在波光粼粼的春天池水上孤伶伶地游動。這隻天鵝因為翅膀受了傷，被同伴拋棄。天鵝不知道自己接下來會怎麼樣，擔心得不得了。對於丟下自己的同伴們，天鵝既覺得可恨，又覺得懷念，接著詛咒起自己的不小心，才會失去寶貝的翅膀。

然而，在灑落櫻花花瓣的池子裡游著游著，就覺得各式各樣的事情變得愈來愈無關緊要。天鵝心想，也罷，最後能獨占這麼美麗的光景，就別計較了吧。

# 後記

即使是一些客觀看來稀鬆平常的事，有時對當事人而言，卻是改變世界的大事。沒錯——例如說，以前我曾經聽一位女性說過這樣的故事。她說自己人生中最棒的回憶，是國小時代獲選為合唱比賽的鋼琴伴奏者。只聽這個部分，也許會覺得這個故事好像有點荒唐。不，即使聽到最後，也許還是會有人覺得荒唐。懷抱什麼樣的感想，本來就是每個人的自由。

當時她非常內向，沒有朋友，伴奏者的職責對她而言，只是個沉重的負擔，除此之外什麼都不是。坦白說，她很想辭退這件工作，但班上又沒有其他同學會彈鋼琴，而且她不是那種能夠拒絕人的個性，所以最後還是接受了。「要是正式比賽時彈錯，扯了大家的後腿，那該怎麼辦？」她每天都過著幾乎要被這種不安給壓垮的日子，無數次暗中獨自啜泣。

然而等到實際開始練習合唱後，沒過多久，這件事對她而言就不再是痛苦。不但不是痛苦，她甚至變得期待合唱練習的時間趕快到來。

指揮是她暗自愛慕的男生。當演奏開始時，他總是會牢牢注視她的眼睛。她一直都知道，這只不過是為了配合演奏時機的眼神交會。然而，這個動作就是讓她非常開心，開心得覺得其他的一切都不重要。也許有人會笑說：「人生中最棒的回憶，只是和喜歡的男生眼神交會這種小事，這樣的人生是多麼寂寞？」但我非常能明白她的心情。無論她往後的人生充滿何種至上的幸福，我想她最棒的回憶，始終會是這件「只不過是眼神交會的小事」。

人類的價值基準，本來就是此一時、彼一時。有時比起致富之後在高級餐廳吃到的全餐，會覺得極貧時代在學生餐廳吃到的幾百圓套餐還更加美味；有時比起充實的大學生活中的同居女友，會覺得最悽慘的國中時代裡只握過一次手的女生更惹人憐愛。就本作而言，高坂多半一輩子都不會忘記佐薙隔著口罩給他的那一吻。不知道這是不是該叫做「減法的幸福」呢？我認為這種價值觀的倒錯，是人類最美的Bug之一。

若說前作《那年夏天，妳打來的電話》、《那年夏天，我撥去的電話》是有關身體缺陷的故事，本作《戀愛寄生蟲》就是關於精神缺陷的故事。從這個角度來看，或許可以說這兩部作品正好成對。我冒出「缺乏導致生病」的構想，是在二〇一四年的早春，但我當時幾乎可說完全沒有寄生蟲的相關知識。巧合的是，莫伊塞斯．維拉斯奎茲．馬諾夫的《缺乏寄生蟲症》（原書名：An Epidemic of Absence）的日文翻譯版，就在同一時期出版了，我是在二〇一六年以後才知道這件事。這本書非常耐人尋味，甚至讓我忘記自己是當參考資料在讀。如果各位讀者看了本作之後對寄生蟲產生興趣，要不要試著也讀讀看這本書呢？

另外本作書名《戀愛寄生蟲》，是直接從藤田紘一郎老師的著作《戀愛寄生蟲》（講談社出版）拜借過來的。謹在此對爽快答應借用書名的藤田老師表達深深的謝意。

三秋縋

輕文學
Light Literature



世界上只要有一個人願意愛著自己，
或許人就會因此得到救贖。

# 不哭不哭，痛痛飛走吧

三秋 縋／著　邱鍾仁／譯

在二十二歲那年的秋天，孑然一身的我撞死了一個女生，成了殺人犯──本來應該是這樣。但被我殺死的少女將死亡的瞬間「延後」，藉此多獲得了十天的時間。她決心將這寶貴的十天，用來報復糟蹋她人生的那些人，當然，做為殺了她的代價，我必須協助她復仇。而在一次次的復仇當中，我們不知不覺地接近了真相……

定價：NT$340/HK$105

如果人命可以換算成金錢，你值多少？
什麼事物值得你用生命換取？

# 三日間的幸福

三秋 縋／著　許郁文／譯

一家收購壽命的店，去了那裡就能出售壽命、時間或健康，生命的價值端看生活的充實度而定——我決定留下三個月，將剩餘的三十年壽命全部賣掉。第二天，出現一位負責監視我的年輕女性，和她相處的時光讓我的人生逐漸有了意義，而當一切即將開始時，我的人生只剩下最後的三天……

定價：NT$260/HK$78

國家圖書館出版品預行編目資料

| |
|---|
| 戀愛寄生蟲 / 三秋縋作；邱鍾仁譯. -- 初版. -- 臺北市：臺灣角川, 2017.01<br>面； 公分<br><br>譯自：恋する寄生虫<br>ISBN 978-986-473-471-9(平裝)<br><br>861.57 105022673 |

輕文學
Light Literature

# 戀愛寄生蟲

原著名＊恋する寄生蟲

作　　者＊三秋 縋
插　　畫＊しおん
譯　　者＊邱鍾仁

2017年1月25日　初版第1刷發行
2024年7月5日　初版第5刷發行

發 行 人＊台灣角川股份有限公司
總　　監＊呂慧君
總 編 輯＊蔡佩芬
主　　編＊李維莉
設計指導＊陳晞叡
美術設計＊吳佳昀
印　　務＊李明修（主任）、張加恩（主任）、張凱棋、潘尚琪

台灣角川

發 行 所＊台灣角川股份有限公司
地　　址＊104台北市中山區松江路223號3樓
電　　話＊（02）2515-3000
傳　　真＊（02）2515-0033
網　　址＊www.kadokawa.com.tw
劃撥帳戶＊台灣角川股份有限公司
劃撥帳號＊19487412
法律顧問＊有澤法律事務所
製　　版＊尚騰印刷事業有限公司
I S B N＊978-986-473-471-9